SOBRE A BREVIDADE DA VIDA

Livros do autor na Coleção **L&PM** POCKET:

Aprendendo a viver

Da tranquilidade da alma precedido de *Da vida retirada* e seguido de *Da felicidade*

Sobre a brevidade da vida

SÊNECA

SOBRE A BREVIDADE DA VIDA

Tradução do latim de LÚCIA SÁ REBELLO,
ELLEN ITANAJARA NEVES VRANAS e
GABRIEL NOCCHI MACEDO

www.lpm.com.br
L&PM POCKET

Coleção **L&PM** POCKET, vol. 548

Texto de acordo com a nova ortografia.
Título do original: *De brevitate vitae*

Primeira edição na Coleção **L&PM** POCKET: agosto de 2006
Esta reimpressão: agosto de 2025

Tradução: Lúcia Sá Rebello, Ellen Itanajara Neves Vranas e Gabriel Nocchi Macedo
Capa: Ivan Pinheiro Machado. *Ilustração*: *La récompense du devin* (1913), óleo sobre tela de De Chirico, Museu de arte da Filadélfia, EUA.
Revisão: Renato Deitos e Jó Saldanha

CIP-Brasil. Catalogação na Fonte
Sindicato Nacional dos Editores de Livros, RJ.

S479s Sêneca
Sobre a brevidade da vida / Lúcio Anneo Sêneca; tradução Lúcia Sá Rebello, Ellen Itanajara Neves Vranas, Gabriel Nocchi Macedo. – Porto Alegre: L&PM, 2025

96p. ; 18 cm (Coleção L&PM POCKET; v.548)
Tradução de: *De brevitate vitae*
Apêndice: Sêneca, da vida e da obra: ideias inspiradoras e atuais
Inclui biografia
ISBN 978-85-254-1512-7

1. Sêneca, ca.4 a.C.-65 d.C. 2. Estoicos. 3. Ética. 4. Conduta. I. Título. II. Série.

CDD 188
CDU 1"652"

Rua Comendador Coruja, 314, loja 9 – Floresta – 90.220-180
Porto Alegre – RS – Brasil / Fone: 51.3225.5777

Pedidos & Depto. Comercial: vendas@lpm.com.br
Fale conosco: info@lpm.com.br
www.lpm.com.br

Impresso no Brasil
Inverno de 2025

Lúcio Anneo Sêneca

Filósofo, dramaturgo, político e escritor, Lúcio Anneo Sêneca (4 a.C?-65 d.C.) foi um dos expoentes intelectuais de Roma do início da Era Cristã. Filho do retórico Marco Anneo Sêneca, nasceu em Córdoba, na Espanha. Ainda jovem foi levado para Roma, onde recebeu uma educação refinada, aprofundando-se em gramática, retórica e filosofia estoica. De saúde frágil, passou uma temporada no Egito quando tinha vinte anos, para tratamento. De volta a Roma, estabeleceu-se como advogado (alguém que falava no lugar de outra pessoa). Como conselheiro, tomou parte na corte do imperador Calígula. Em 41 d.C., Messalina, mulher do imperador Cláudio, provocou o banimento de Sêneca para a Córsega sob acusação de adultério. Ele passou o exílio estudando, e escreveu suas *Consolationes*. Em 49 d.C., a nova mulher de Cláudio, Agripina, chamou-o a Roma para ser tutor de seu filho, L. Domitius. Em 50 d.C., Sêneca recebeu o cargo de pretor. Em 54 d.C., à morte de Cláudio, L. Domitius, pupilo de Sêneca, tornou-se o imperador Nero e passou a governar sob orientação de Sêneca. Em 55 d.C., Sêneca foi feito cônsul. Em 56 d.C., publicou *De Clementia.* Aos poucos, porém, Sêneca e outros conselheiros perderam a influência sobre Nero, e o governo deste se tornou cada vez mais tirânico. Em 62 d.C., Sêneca aposentou-se e passou a dedicar o seu tempo ao estudo e à escrita. Em 65 d.C., foi acusado de participar de um golpe para assassinar Nero. Sem julgamento, recebeu do imperador a ordem de cometer o suicídio, que ele cumpre, abrindo as veias. Um relato do seu suicídio pode ser encontrado no Livro XV dos Anais de Tácito. Sua obra compreende uma sátira, ensaios e diálogos filosóficos, cartas e várias tragédias. O pensamento de Sêneca, influenciado pela escola estoica, enfatizava medidas práticas por meio das quais enfrentar os problemas da vida, e também a necessidade de se encarar a própria mortalidade e a morte.

Sêneca, da vida e da obra: ideias inspiradoras e atuais

*Lúcia Sá Rebello**

Da vida

Lúcio Anneo Sêneca nasceu em Córdoba, Espanha. Seu pai foi Anneo Sêneca, chamado Sêneca, o velho, conhecido como retórico e do qual restou apenas uma obra escrita, intitulada *Declamações*. Sêneca, o moço, foi educado em Roma, tendo estudado retórica ligada à filosofia. Em pouco tempo, tornou-se conhecido como advogado e ascendeu politicamente, passando a ser membro do senado romano e, mais tarde, questor (magistrado encarregado de funções financeiras).

Em Roma, o triunfo político não acontecia impunemente, e a notoriedade de Sêneca suscitou a inveja do imperador Calígula. Entretanto, Sêneca foi salvo, pois Calígula morreu

* Lúcia Sá Rebello é doutora em Letras. Atua como professora na Universidade Federal do Rio Grande do Sul ministrando disciplinas de graduação e pós-graduação, em especial nas áreas de literatura comparada, tradução e literatura latina.

antes de poder destruí-lo. Dessa forma, Sêneca pôde continuar vivendo com relativa tranquilidade – o que, porém, não durou muito tempo. Em 41 d.C., foi desterrado para a Córsega sob a acusação de adultério, supostamente com Júlia Livila, sobrinha do novo imperador Cláudio César Germânico.

Na Córsega, Sêneca viveu cerca de dez anos sofrendo de grande privação material. Dedicou-se aos estudos e redigiu vários de seus principais tratados filosóficos, entre os quais os três intitulados *Consolationes* (Consolos), nos quais expõe os ideais estoicos clássicos de renúncia aos bens materiais e de busca da tranquilidade da alma por meio do conhecimento e da contemplação.

Em 49 d.C., Messalina, primeira esposa do imperador Cláudio, foi condenada à morte. O imperador casa-se, desta feita, com Agripina. Pouco tempo depois, esta manda chamar Sêneca para se encarregar da educação de seu filho Nero, tornando-o, em 50 d.C., pretor.

Sêneca casou-se com Pompeia Paulina e organizou um poderoso grupo de amigos. Logo após a morte de Cláudio, ocorrida em 54 d.C., o escritor vingou-se do imperador com um texto que foi considerado por muitos a obra-prima das sátiras romanas, *Apocolocyntosis divi Claudii* (Transformação em abóbora do divino Cláudio). Nessa obra, Sêneca critica o autoritarismo do imperador e narra como ele é rejeitado pelos deuses.

Quando Nero foi nomeado imperador, Sêneca tornou-se seu principal conselheiro e tentou orientá-lo para uma política de justiça e de humanidade. Durante algum tempo, exerceu influência benéfica sobre o jovem, mas, aos poucos, foi forçado a adotar uma atitude de complacência. Chegou ao ponto de redigir uma carta ao Senado para justificar a execução de Agripina, em 59 d.C., ordenada pelo filho. Nessa ocasião foi muito criticado por sua postura frente à tirania e à acumulação de riquezas de Nero, incompatíveis com as suas próprias concepções filosóficas.

O escritor e filósofo destacou-se por sua ironia, arma da qual se utilizava com muita sabedoria, principalmente nas tragédias, as únicas do gênero na literatura da antiga Roma. Conhecidas como versões retóricas de peças gregas, elas substituem o elemento dramático por efeitos violentos, como mortes em cena e discursos agressivos, demonstrando uma visão mais trágica e mais individualista da existência. Sêneca deixou a vida pública em 62 d.C. Dentre seus textos, constam a compilação científica *Naturales Quaestiones* (Problemas naturais), os tratados *De tranquillitate animi* (Da tranquilidade da alma), *De vita beata* (Da vida beata) e, talvez sua obra mais profunda, as *Epistolae Morales* dirigidas a Lucílio. *As Cartas Morais*, escritas entre os anos 63 d.C. e 65 d.C, misturam elementos epicuristas com ideias estoicas e contêm observações pessoais, reflexões sobre a literatura e crítica satírica aos vícios da época.

Acusado de participar na conjuração de Pisão, em 65 d.C., recebeu de Nero a ordem de suicidar-se, que executou com o mesmo ânimo sereno que pregava em sua filosofia. Conta-se que sua morte foi uma lenta agonia. Abriu as veias do braço, mas o sangue correu muito lentamente, assim, cortou as veias das pernas. Porém, como a morte demorava, pediu a seu médico que lhe desse uma dose de veneno. Como este não surtiu efeito, enquanto ditava um texto a um dos discípulos, tomava banho quente para ampliar o sangramento. Por fim, fez com que o transportassem para um banho a vapor e, ali, morreu sufocado.

Do gênero epistolar

Ao gênero epistolar latino pertencem aquelas obras escritas em forma de carta. Ao evoluir, ultrapassando os limites da simples comunicação, chegaram a formar um amplo espectro (cartas privadas, públicas, oficiais, abertas, doutrinais ou científicas, poéticas etc.), cujo único ponto em comum consistia na denominação *epistula* e na presença de um destinatário. Qualquer tema, como a filosofia, a poesia didática, um tratado sobre poética, etc., podia, nas mãos de um autor excepcional, tendo este um destinatário, converter-se numa epístola – embora ainda estivesse distante daquilo que, em princípio, abarca os limites do referido gênero.

Esse gênero compreendeu, em Roma, uma mostra heterogênea de conteúdo e de forma. Podem ser encontrados diferentes temas que vão desde um simples convite para jantar ou uma recomendação, até questões filosóficas, declarações de amor ou frios comunicados oficiais. A epístola é um valioso documento para que sejam conhecidos acontecimentos históricos, bem como para um estudo do latim familiar usado na intimidade entre os amigos. Todos os autores utilizaram esse recurso; no entanto, houve aqueles que configuraram o gênero de forma definitiva.

No que diz respeito às características formais, chama a atenção o fato de que não foi elaborada uma teoria sobre a arte da epistolografia, exceção feita a pequenas notas nos tratados de Retórica. Apesar disso, há uma normatização que aparece na grande maioria dos textos, ou seja, nome do remetente seguido do nome do destinatário, as saudações, por extenso ou abreviadas, e as despedidas.

Os diferentes tipos de epístolas encontradas na literatura latina são, a saber: carta privada, carta pública, carta oficial, carta aberta, carta doutrinária ou científica, carta proêmio ou de dedicatória, carta poética.

As *cartas privadas*, de autores como Cícero, foram, na sua grande maioria, publicadas, embora não tenha sido esse o objetivo primeiro. Têm determinadas características, como, por exemplo, destinatários determinados e assuntos compreensíveis somente para aqueles a quem se

dirige. Surgem a partir de uma situação concreta e são breves – apesar de que, com o tempo, a extensão tenha variado muito. Quanto ao conteúdo, podem ser cartas destinadas a dar informações a alguém que esteja ausente e cartas para comunicar um fato alegre – em tom alegre – ou manifestar pesar ou consolar alguém – em tom mais grave e sério.

Já a *carta pública* se caracterizava por ser destinada a um público mais amplo, tanto que o nome do destinatário é dispensável. Não há segredos nem intimidades, e o aspecto pessoal é deixado de lado, isto é, configura-se pela impessoalidade. O conteúdo é de caráter mais geral, e a forma devia ser cuidada.

A *carta oficial* tinha como objetivo estabelecer ou manter uma relação oficial entre indivíduos ou comunidades. Sua publicidade era restrita, e a forma, extremamente cuidada.

Na *carta aberta*, por outro lado, eram expostas as próprias convicções morais, políticas ou sociais. Era extensa e dirigida a um público mais amplo que o destinatário. Repleta de recursos retóricos, tinha como objetivo influir na opinião pública em geral, refletindo, portanto, a pessoalidade do autor.

A *carta doutrinária ou científica* tratava de questões filosóficas, morais ou científicas, sendo o seu público bem abrangente. Eram pequenos tratados, não havendo nenhuma semelhança com a carta privada.

A *carta proêmio ou de dedicatória*, em realidade, compreendia a introdução a uma obra literária na qual era mencionado a quem aquela obra era dedicada, como, por exemplo, a dedicatória de Virgílio, nas *Geórgicas*, para Mecenas.

Por fim, a *carta poética*, muito cultivada em Roma, uma epístola em verso, de conteúdo variado, sempre dirigida a uma determinada pessoa.

A pergunta a ser feita é: carta é literatura? Dependendo da situação, pode-se dizer que sim, uma vez que, ao mesmo tempo, medeia uma situação e também faz uma encenação através de um discurso que não é aquele do ensaio, do romance nem da poesia. Por meio desse gênero, alguns autores acabam criando a sua marca, o seu estilo de se manifestar ao outro, o destinatário de seu discurso.

José Castello[1] diz que o gênero epistolar

---

1. CASTELLO, José. Uma ponte aérea lírica do Curvelo à Barra Funda. *O Estado de São Paulo*, São Paulo, 24 out. 1999.

é fracionado, excessivo e submisso às circunstâncias, portanto, sempre com aparência de verdadeiro. Acrescenta, ainda, que os escritores, "fingindo que escrevem para um dado amigo, sabem que seu verdadeiro interlocutor é a posteridade (...)".

Por sua vez, Melo e Castro[2] afirma que "não sendo ficção, todas as cartas acabam por nos dar versões ficcionadas daquilo que nos querem dizer, existindo um hiato profundo entre o que o autor da carta nos quis comunicar, o que ele escreveu na carta e aquilo que o destinatário mais tarde lerá".

Na perspectiva da revitalização que a carta enviada pode trazer para o próprio emissor, cabe fazer referência ao que Maria Helena Werneck[3] ressalta ao comentar a correspondência de Machado de Assis. Referindo-se às cartas do período que compreende os anos de 1890-1908, mostra que as mesmas não se constituem espaço de

---

2. MELO E CASTRO, E. M. Odeio cartas. In: GALVÃO, Walnice; GOTLIB, Nádia B. *Prezado senhor, prezada senhora.* São Paulo: Cia das Letras, 2000, p. 15.

3. WERNECK, Maria Helena. "Veja como ando grego meu amigo." Os cuidados de si na correspondência machadiana. In: GALVÃO, Walnice; GOTLIB, Nádia B., op. cit. p. 140.

polêmica, nem contêm desabafos e confidências. Antes, apresentam um traço do individualismo grego, que vem a ser retomado "pelo movimento ascético cristão dos primeiros séculos", segundo Michel Foucault, "que estuda a gênese da 'cultura de si' (...)"[4]. Segundo a autora, "nessa correspondência, podem-se ler cartas trocadas entre o escritor e intelectuais renomados ou jovens literatos"[5], da mesma maneira como tais cartas eram concebidas na prática epistolar de Sêneca, ou seja, uma escrita na qual é exposto o próprio estado de alma, são solicitados ou dados conselhos a quem necessita, apresentando, porém, um retorno para o mais experiente. "Quem escreve a outrem acaba reatualizando para si próprio as palavras enviadas."[6]

Como afirma a autora, em sua relação com os correspondentes, Machado amadurece maneiras de se posicionar em relação a si mesmo e de se manifestar em relação aos outros. Essa maneira, ela chama de *presentificação*, retomando uma terminologia que Foucault emprega ao analisar a correspondência de Sêneca.

---

4. WERNECK, Maria Helena, op. cit.
5. WERNECK, Maria Helena, op. cit.
6. WERNECK, Maria Helena, op. cit.

O progresso dos correios e a contínua melhora das comunicações, em determinado período da história, favoreceram, sobremaneira, o desenvolvimento do gênero epistolar. Hoje, no entanto, já se lamenta o avanço das comunicações, uma vez que é cada vez mais raro haver troca de cartas tradicionais entre as pessoas. Na apresentação do livro *Prezado senhor, prezada senhora*, uma coletânea de estudos sobre cartas, as organizadoras alertam para a ameaça em que se transformou o correio eletrônico para esse tipo de correspondência tradicional.

Da obra

Segundo Rodrigo Petrônio, sempre que nos deparamos com a publicação de cartas de escritores tendemos a relacioná-las ao contexto de sua vida e, ainda, procurar aspectos pessoais nas mesmas. Não lembramos do fundamental, ou seja, de que "a epistolografia, isto é, a arte de exercitar o estilo literário em cartas, mais do que um simples meio de comunicação, é um gênero literário como qualquer outro. A epístola não precisa efetivamente ser enviada ao destinatário; pode muito bem ser um mero pretexto para o escritor criar um interlocutor fictício e assim poder, no fundo, dialogar consigo mesmo sobre seus temas fundamentais"[7].

Assim, as cartas que Sêneca envia ao amigo Lucílio fazem parte de uma longa tradição do gênero epistolar, que se prolonga em autores modernos. A epístola, como gênero, desde a Antiguidade, cobre toda uma série de formulações, desde a familiar até a elevada. É inovadora e múltipla, ganhando uma especialização estilística que predomina até o século XVIII. O itinerário da poesia epistolar, iniciada em Horácio, passa pelo Renascimento (Marot, Garcilaso de la Vega, Sá de Miranda, John Donne) e alcança diferentes autores em diversas literaturas.

Não se sabe se o amigo de Sêneca, Lucílio, existiu ou se configura apenas em mero interlocutor imaginário criado pelo filósofo para desenvolver a sua filosofia à maneira de diálogo, o que foi bastante comum durante muitos séculos.

Quanto a Paulino, destinatário das cartas que formam *Sobre a brevidade da vida*, o texto não nos dá maiores informações, apenas que era o *praefectus annonae* (encarregado do abaste-

---

7. PETRÔNIO, op. cit.

cimento da cidade). De acordo com algumas fontes[8], poderia se tratar de Pompeius Paulinus, o sogro de Sêneca.

Segundo Petrônio, deve-se cuidar para que não seja feita uma leitura equivocada da obra do grande filósofo latino, pois "muitos diluem o sentido mais profundo de sua obra em uma espécie de filosofia paliativa, cujo único objetivo fosse ajudar os seus próximos a extinguir a dor do espírito ou pelo menos amenizá-la"[9]. Dessa forma, continua ele, "transformam sua simplicidade de propostas em superficialidade, e o caráter mais profundo de sua filosofia, em um auxílio a desamparados de todas as latitudes"[10].

Fazendo uso de um estilo próprio, Sêneca desenvolverá temas como a aprendizagem, a amizade, os livros, a morte. Esses se transformam em outros, tais como a possibilidade de atingir a tranquilidade da alma e os meios de fazê-lo; a supressão dos males do espírito com um controle dos instintos; a fuga das multidões e o isolamento; o controle das paixões como única

---

8. Ver Julien Fourniol, Sorbonne, Paris, 1998, *D'Ostie à Rome, les étapes de la "chaîne" du blé.*

9. PETRÔNIO, op. cit.

10. PETRÔNIO, op. cit.

forma de libertar o espírito da matéria; o desapego aos valores terrenos e materiais e a adoção radical da vida contemplativa do espírito.

Sêneca não é apenas um escritor clássico. Mais do que isso, "é um autor que conseguiu forjar um modo de vida e uma concepção do mundo e do Espírito em cujo núcleo se unem inextricavelmente a liberdade da consciência individual e o compromisso ético"[11]. Do ponto de vista de Petrônio, grande parte de sua ética está calcada na recusa dos valores vigentes e da vida em sociedade, com tudo o que ela tem de falso.

Quanto ao tipo de discurso, cabe ressaltar que Sêneca, por estar se dirigindo a Paulino, que não tem qualquer formação filosófica, usa de um vocabulário mais simples que tem como único objetivo o de convencer o seu interlocutor a se iniciar nos estudos filosóficos.

Portanto, "suas palavras crescem em valor e mostram sua atualidade (...). E não apenas isso: em meio ao grande espetáculo em que o mundo se transformou (...), Sêneca, com seu elogio da vida tranquila e reclusa, talvez esteja forjando em silêncio uma nova alquimia e uma nova

---

11. PETRÔNIO, op. cit.

forma de transfiguração. Aquela que, talvez em um futuro próximo, nos trará de volta a nossa tão conhecida e esperada realidade"[12].

Que o leitor aprecie a incursão por esta fascinante obra de Sêneca, repleta de ideias inspiradoras e atuais.

12. PETRÔNIO, op. cit.

Sobre a brevidade da vida

I

1. A maior parte dos mortais, Paulino, lamenta a maldade da Natureza, porque já nascem com a perspectiva de uma curta existência e porque os anos que lhes são dados transcorrem rápida e velozmente. De modo que, com a exceção de uns poucos, para os demais, em pleno esplendor da vida é que justamente esta os abandona. No entanto, como se imagina, não apenas o comum dos mortais ou a massa ignorante sofre desse mal geral, pois, ao afetar também os homens cultos, seus efeitos geram muitos lamentos. 2. Por isso, aquela expressão do pai da medicina[13]: "A vida é breve, a arte, longa". Por isso, o intento de Aristóteles (não próprio de um homem sábio) com a Natureza, exigindo um mínimo de equidade: "A Natureza

13. Hipócrates, *Aforismos*, 1,1. "A vida é curta, a arte é longa. A ocasião, fugidia. A esperança, falaz. E o julgamento, difícil."

concede aos animais um tempo de vida tal, que lhes permite ver passar cinco ou dez gerações; ao homem, nascido para realizar muitas e grandes coisas, fixa um limite mais breve". 3. Não temos exatamente uma vida curta, mas desperdiçamos uma grande parte dela. A vida, se bem empregada, é suficientemente longa e nos foi dada com muita generosidade para a realização de importantes tarefas. Ao contrário, se desperdiçada no luxo e na indiferença, se nenhuma obra é concretizada, por fim, se não se respeita nenhum valor, não realizamos aquilo que deveríamos realizar, sentimos que ela realmente se esvai. 4. Desse modo, não temos uma vida breve, mas fazemos com que seja assim. Não somos privados, mas pródigos de vida. Como grandes riquezas, quando chegam às mãos de um mau administrador, em um curto espaço de tempo, se dissipam, mas, se modestas e confiadas a um bom guardião, aumentam com o tempo, assim a existência se prolonga por um largo período para o que sabe dela usufruir.

II

1. Por que reclamamos da Natureza? Ela se mostrou benevolente: a vida, se souberes viver, é longa. Mas a insaciável ganância domina um; outro, desperdiça sua energia em trabalhos supérfluos; um encharca-se de vinho, outro fica entorpecido pela inércia; um está sempre preocupado com a opinião alheia, outro, por um irreprimido desejo de comerciar, é levado a explorar terras e mares na esperança de obter lucro. O desejo de guerrear tortura alguns, que não se mostram apreensivos em relação aos perigos alheios ou ansiosos aos seus próprios; há aqueles que, voluntariamente, se sujeitam à ingrata adulação dos superiores. 2. Também há os que se ocupam invejando o destino alheio e desprezando o seu próprio. A grande maioria, sem nenhum objetivo, lança-se a novos propósitos levianamente, encontrando apenas desgosto. Alguns, sem terem dado rumo a suas vidas, são flagrados pelo destino esgotados e

sonolentos, de tal maneira que não duvido ser verdade o que disse, como se fosse um oráculo, o maior dos poetas[14]: "Pequena é a parte da vida que vivemos". Pois todo o restante não é vida, mas somente tempo. 3. Os vícios sufocam os homens e andam a sua volta, não lhes permitindo levantar nem erguer os olhos para distinguir a verdade. Permanecem imersos, presos às paixões, não favorecendo um voltar-se para si próprio. Mesmo encontrando alguma paz, eles continuam sendo levados por suas ambições, não achando tranquilidade, tal como o fundo do mar que, depois da tempestade, ainda continua agitado. 4. Imaginas que falo daqueles cujos vícios estão explícitos? Observa os que a sorte abençoou: eles se sentem sufocados pelos seus bens. As riquezas são pesadas para muitos! A preocupação com a eloquência e a necessidade de mostrar talento tirou o sangue de muitos! Outros enfraqueceram devido a uma vida de libertinagens! Muitos possuem um grande número de clientes[15], mas nenhuma liberdade! Por

14. Não fica claro a que poeta se refere o autor. Em algumas fontes, encontra-se Virgílio.

15. Os clientes, em retribuição à proteção e ao auxílio recebidos, prestavam homenagens ao patrão, saudando-o pela manhã, acompanhando-o em cortejo pelas ruas e, principalmente, empenhando-lhe o seu voto.

fim, observa a todos, desde os mais simples aos mais poderosos. Este advoga, aquele assiste, um é acusado, outro defende, aquele outro julga; ninguém pede nada para si, uns nos outros se consomem. Indaga sobre aqueles cujos nomes são conhecidos de todos e verás por que o são: este cuida daquele, que cuida de outro; ninguém cuida de si mesmo. Além disso, é extremamente irracional a indignação de alguns, pois se queixam do desprezo de seus superiores, mas eles próprios não os procuram, embora desejassem. Quem ousará reclamar da soberba do outro, quando ele mesmo não dispõe de um momento para si? Aquele, apesar do aspecto insolente, te olhou com respeito, sem saber quem eras, ouviu tuas palavras e te recebeu junto a si. Tu não levaste em consideração nem a ti mesmo. Assim, não há motivo para que cobres teus favores a quem quer que seja, já que, quando os fizeste, foi por querer estar com o outro e não contigo mesmo.

III

1. Nenhum homem sábio deixará de se espantar com a cegueira do espírito humano. Ninguém permite que sua propriedade seja invadida, e, havendo discórdia quanto aos limites, por menor que seja, os homens pegam em pedras e armas. No entanto, permitem que outros invadam suas vidas de tal modo que eles próprios conduzem seus invasores a isso. Não se encontra ninguém que queira dividir sua riqueza, mas a vida é distribuída entre muitos! São econômicos na preservação de seu patrimônio, mas desperdiçam o tempo, a única coisa que justificaria a avareza. 2. Agradar-me-ia questionar qualquer um dentre os mais velhos: "Vemos que já atingiste o fim da vida, tens cem ou mais anos. Vamos, faz o cálculo da tua existência. Conta quanto deste tempo foi tirado por um credor, uma amante, pelo poder, por um cliente. Quanto tempo foi tirado pelas brigas

conjugais e por aquelas com escravos, pelo dever das idas e vindas pela cidade. Acrescenta, ainda, as doenças causadas por nossas próprias mãos e também todo o tempo desperdiçado. Verás que tens menos anos do que contas. 3. Perscruta a tua memória: quando atingiste um objetivo? Quantas vezes o dia transcorreu como o planejado? Quando usaste teu tempo contigo mesmo? Quando mantiveste uma boa aparência, o espírito tranquilo? Quantas obras fizeste para ti com um tempo tão longo? Quantos não esbanjaram a tua vida sem que notasses o que estavas perdendo? O quanto de tua existência não foi retirado pelos sofrimentos sem necessidade, tolos contentamentos, paixões ávidas, conversas inúteis, e quão pouco te restou do que era teu? Compreenderás que morres cedo". 4. O que está em causa então? Viveste como se fosses viver para sempre, nunca te ocorreu a tua fragilidade. Não te dás conta de quanto tempo já transcorreu. Como se fosse pleno e abundante, o desperdiças e, nesse ínterim, o tempo que dedicas a alguém ou a alguma coisa talvez seja o teu último dia. Temes todas as coisas como os mortais, desejas outras tantas tal qual os imortais. 5. Ouvirás a maioria dizendo: "Aos cinquenta anos me dedicarei ao ócio[16]. Aos sessenta, ficarei livre de todos os meus encargos". Que certeza tens de que há uma vida tão longa? O que garante que as coisas se darão como dispões? Não te envergonhas de destinar para ti somente resquícios da vida e reservar para a meditação apenas a idade que já não é produtiva? Não é tarde demais para começar a viver, quando já é tempo de desistir de fazê-lo? Que tolice dos mortais a de adiar para o quinquagésimo e sexagésimo anos as sábias decisões e, a partir daí, onde poucos chegaram, mostrar desejo de começar a viver?

---

16. Sêneca adverte contra aquela correria desvairada a que se entrega a maioria dos homens, que agem como animais, reiniciando sem cessar o mesmo movimento vão. Ora, essa inútil agitação não conduz senão ao esgotamento das forças físicas e à frustração mental. Ele não prega a preguiça, conforme afirma: "(...) não te convido à preguiça nem à inércia" (XVIII, 2), apenas recomenda evitar a falsa operosidade e a fútil agitação.

IV

1. Poderás ver os homens mais poderosos, ocupando os mais altos cargos, demonstrarem que querem e louvam o ócio, preferindo-o a todos os seus bens. Desejam, por pouco que seja, abrir mão de sua posição, se possível com segurança, pois, embora nada que venha de fora a ameace ou abale, por si mesma a fortuna se desfaz. 2. O divino Augusto[17], a quem os deuses favoreceram mais do que a qualquer outro, não deixou de querer para si o descanso e o afastamento dos assuntos públicos. Toda a vez que se pronunciava, retomava o mesmo ponto: o desejo do ócio. Isso deixava seu trabalho mais leve com o consolo, falso, mas doce, de que, um dia, haveria de viver para si mesmo. 3. Em certa carta

17. Otávio Augusto (31 a.C.-14 d.C.), primeiro imperador romano.

enviada ao Senado, como prometesse que seu repouso não seria desprovido de dignidade e seria condizente com a sua glória passada, encontrei essas palavras: "Estas coisas são mais fáceis falar que fazer. No entanto, o desejo daquele tempo, que tanto sonho, me anima de tal maneira que antecedo algo do desejado pela doçura das palavras pronunciadas". 4. O ócio era uma coisa tão desejada que, por não poder dele desfrutar, antegozava-o em pensamento. Aquele que via as coisas dependerem só de si, que decidia a sorte dos homens e das nações, com muito prazer sonhava com o dia em que se despojaria de sua magnitude. 5. Estava consciente de quanto suor exigiam aqueles bens que brilhavam por todas as terras, de quantas inquietações reprimidas eles ocultavam. Levado, primeiro, a combater os cidadãos, depois, os amigos e, por fim, os mais próximos, no mar e na terra, fez derramar sangue. Tendo levado a guerra pela Macedônia, Sicília, Egito, Ásia e a quase todos os litorais, dirigiu os exércitos já cansados de oprimir os romanos[18] para as guerras externas. Enquanto pacifica os Alpes e subjuga inimigos infiltrados em meio à paz do Império e estende as fronteiras

18. Referência às guerras civis.

para além do Reno, do Eufrates e do Danúbio, na própria Roma, os punhais de Murena, Cepião, Lépido, Egnácio e de tantos outros se voltavam contra ele. 6. Não havia ainda se livrado das armadilhas destes, quando sua filha[19] e muitos jovens nobres entregavam-se ao adultério como se fosse um sacramento, atormentando assim a sua velhice; sem falar, ainda, de uma união perigosa, a de uma determinada mulher a um Antônio[20]. Arrancava esses males com as próprias mãos e outros já apareciam; tal como num corpo ferido e sangrando, uma outra parte sempre se rompia. Por essa razão, desejava o ócio, e todo o seu empenho centrava-se nisso. Esse era o desejo daquele que podia satisfazer os desejos de todos os demais.

19. Filha de Augusto, Júlia, amante de Julius Antonius, filho de Marco Antônio, que em 2 a.C. tramou uma conspiração contra Augusto. Júlia foi mandada para uma ilha remota.

20. Marco Antônio (Otávio Augusto, Lépido e Marco Antônio formavam o triunvirato) uniu-se à Cleópatra, ambiciosa rainha do Egito. Foi derrotado por Otávio Augusto, na batalha naval de Ácio, em 31 a.C. Augusto, que já havia obrigado Lépido a abdicar, tornou-se o único senhor do mundo romano.

V

1. Marco Cícero[21], vivendo entre homens como Catilina, Clódio, Pompeu e Crasso, uns inimigos declarados, outros falsos amigos, estando a República ameaçada, procurava afastá-la de seu naufrágio. Ao fim, afundando com ela, não se mostrando sossegado nos períodos estáveis, nem paciente nos adversos, quantas vezes amaldiçoou o seu próprio consulado, o qual elogiara com motivo, mas exageradamente! 2. Com lamentáveis palavras se dirige numa carta a Ático, na época em que Pompeu, o pai, já havia sido vencido, e seu filho restabelecia, na Espanha, as armas despedaçadas! "O que faço aqui, perguntas? Permaneço, numa falsa liberdade, na minha casa de Túsculo." Acrescenta, ainda, outras palavras nas quais lamenta a vida passada, reclama do presente e se desespera com

21. Marco Túlio Cícero, maior orador romano (106-43 a.C.).

o futuro. 3. Cícero se diz semilivre, mas, francamente, nunca um sábio recorrerá a um nome tão humilhante, nunca terá meia liberdade, mas íntegra e sólida, desapegado, senhor de si e acima dos outros. Pois, quem pode ser superior ao que está acima do destino?

VI

1. Diz-se que Lívio Druso[22], homem violento e veemente, tendo implantado novas leis contra as más medidas dos Gracos, com o apoio de uma grande multidão de toda a Itália, não vendo êxito para a sua política, que já não podia levar adiante nem, uma vez lançada, abandonar, execrou sua vida agitada desde o princípio, declarando nunca ter tido férias, nem quando menino. Com razão, ainda adolescente, trajando a toga pretexta[23], ditava recomendações sobre os réus aos juízes e fazia prevalecer tão bem a sua opinião no fórum que ganhou, segundo dizem, algumas causas. 2. A que não levaria uma ambição tão prematura? Portanto, era tarde para se queixar da falta de férias, ele que, desde criança, era um perturbador e um elemento nocivo ao fórum.

22. Tribuno da plebe em 91 a.C.

23. A toga pretexta era a vestimenta dos altos funcionários e dos generais, também usada pelos adolescentes antes dos dezessete anos, quando, então, recebiam a toga viril.

Discute-se ter ele se suicidado, pois morreu de um ferimento na virilha; duvidam de ter sido sua morte voluntária, mas ninguém, de que tenha sido oportuna. 3. É inútil evocar os que, embora pareçam felizes aos outros, declaram eles mesmos que, na verdade, odeiam todas as ações de suas vidas. Entretanto, com essas declarações não mudaram nem a si próprios nem aos demais, pois mal falavam e as paixões faziam-nos recair em seus antigos costumes. 4. Certamente, uma vida como essa, mesmo que dure mais de mil anos, será determinada por limites estreitos. Estes vícios podem devorar não apenas um século. A razão pode estender o espaço de tempo de que dispomos, mas esse pode escapar. Não podes te apossar dele, nem retê-lo, ou fazer demorar a mais fugidia das coisas, apenas deixar que se perca como se fosse uma coisa supérflua e substituível.

VII

1. Coloco em primeiro lugar aqueles que nunca estão disponíveis para nada, senão para o vinho e para os prazeres da carne. Outros, embora se prendam à imagem da glória, erram honradamente. Podes me enumerar os avarentos, os raivosos ou os que se entregam a ódios e injustas guerras. Eles, pelo menos, pecam de forma mais viril. Todavia, os que se abandonam à gula e aos prazeres carnais se degradam de forma desonrosa. 2. Examina todo o tempo deles, verifica quanto gastam em cálculos, em armadilhas, quanto temendo, quanto bajulando, quanto sendo bajulados e quanto ocupam com sua segurança e a dos outros, quanto gastam com banquetes – que já se tornaram uma obrigação. Verás que nem os seus bens nem os seus males os deixam respirar. 3. Por fim, é consenso que um homem ocupado não pode fazer nada bem: não pode se dedicar à eloquência nem aos estu-

dos liberais, já que o seu espírito, distraído com coisas diferentes, não se aprofunda em nada, ao contrário, tudo que lhe é imposto rejeita. Nada está mais longe do homem ocupado do que viver, nenhuma coisa é mais difícil de aprender. Para todas as outras artes[24], há muitos mestres em diferentes lugares, dentre os quais encontram-se até mesmo crianças com habilidade para ensiná-las. Deve-se aprender a viver por toda a vida e, por mais que te admires, durante toda a vida se deve aprender a morrer. 4. Muitos dos maiores homens, afastados todos os obstáculos, renunciadas as riquezas, os negócios e os prazeres, usaram o seu tempo até o fim para aprender a viver; muitos, contudo, deixaram a vida confessando não ter aprendido, muito menos aprenderam aqueles dos quais já falei. 5. Acredita, é próprio dos grandes homens e de quem se eleva acima dos erros humanos não consentir que lhe tirem nada de seu tempo, e assim toda a sua vida é muito longa, porque se dedicou a si mesmo, não importando quanto tenha durado. Nem um instante dela se manteve descuidado,

24. As artes liberais eram divididas em duas categorias: o *trivium* (gramática, retórica e lógica) e o *quatrivium* (geometria, aritmética, música e astronomia), que compreendiam toda a formação humanística romana.

distraído, ou esteve subordinado a outro e, dessa maneira, ele, guardião cuidadoso, não encontrará ninguém que acredite ter vivido tão dignamente a ponto de querer trocar sua vida com a de alguém. Portanto, a este, o tempo foi suficiente, mas àqueles, aos quais o povo exauriu, ela necessariamente faltou. 6. Mas não há motivos para que penses que eles não percebem seus erros; certamente ouvirás muitos que são pressionados pela sua grande prosperidade, às vezes, a clamar, no meio da multidão de clientes, ou de suas causas jurídicas, ou de outras honrosas misérias: "Não me permitem viver!" 7. E por que permitiriam? Todos os que te reclamam para si te afastam de tuas ocupações. Quantos dias te levou aquele réu? E aquele candidato? E aquela velha, cansada de enterrar herdeiros? E aquele que finge ser doente para exercitar a cobiça dos caçadores de testamentos? E aquele amigo poderoso, que te quer não como amigo, mas como parte de seu cortejo? Faz a conta dos dias de tua vida, perceberás que poucos restaram para ti mesmo. 8. Tendo aquele conseguido os cargos com os quais sonhava, deseja largá-los e repete sem cansar: "Quando este ano passará?". Outro proporciona jogos públicos, os quais desejou que lhe coubessem por sorte e diz: "Quando ficarei livre deles?". Cada um se lança à vida, sofrendo da ânsia do futuro e do tédio do presente. 9. Mas aquele que utiliza todo o tempo apenas consigo mesmo, que organiza todos os dias como se fosse o último, não deseja, nem teme o amanhã. Que novo prazer existe que qualquer hora já não lhe possa trazer? Conhece todas as coisas, tudo foi desfrutado à saciedade. Do que falta, que o destino disponha como quiser: a vida já está assegurada. Nada lhe pode ser adicionado ou retirado e, mesmo que se acrescente alguma coisa, seria como alimentar o que já está farto de qualquer alimento, ou seja, receber o que não mais deseja. 10. Não julgues que alguém viveu muito por causa de suas rugas e cabelos brancos: ele não viveu muito, apenas existiu por muito tempo. Julgas que navegou muito aquele que, tendo se afastado do porto, foi pego por violenta tempestade e, errante, ficou à mercê dos ventos, ao capricho dos furacões, sem, no entanto, sair do lugar? Ele não navegou muito, apenas foi muito acossado.

VIII

1. Admiro-me quando vejo alguns pedindo tempo e aqueles a quem se pede serem complacentes; ambos consideram que o tempo pedido não é tempo mesmo: parece que nada é pedido e nada é dado. Joga-se com a coisa mais preciosa de todas, porém ela lhes escapa sem que percebam, já que é incorporal e algo que não está sob os olhos, por isso é considerada desprezível e nenhum valor lhe é dado. 2. Os homens recebem pensões e aluguéis com prazer e concentram nessas coisas suas preocupações, esforços e cuidados. Ninguém valoriza o tempo, faz-se uso dele muito largamente como se fosse gratuito. Porém, quando doentes, se estão próximos da morte, jogam-se aos pés dos médicos. Ou, se temem a pena capital, estão preparados para gastar todos os seus bens para viver, tamanha é a confusão de seus sentimentos! 3. Se pudéssemos apresentar a cada um a conta dos

anos futuros, da mesma forma que se faz com os que já passaram, como tremeriam aqueles que vissem restar-lhes poucos anos e como os economizariam! Pois, se é fácil administrar o que, embora pouco, é certo, deve-se conservar com muito cuidado o que não se pode saber quando acabará. 4. No entanto, não há como dizer que eles ignoram quão precioso seja o tempo. Costumam falar aos que admiram muito que estão dispostos a lhes dar parte de sua vida. E, realmente, dão, não percebendo que subtraem vários anos de si próprios sem, entretanto, aumentar os daqueles. Ignoram, porém, o fato de estarem perdendo seus anos, já que lhes é tolerável a perda de um bem que não se percebe. 5. Ninguém te devolverá aquele tempo, ninguém te fará voltar a ti próprio. Uma vez lançada, a vida segue o seu curso e não o reverterá nem o interromperá, não o elevará, não te avisará de sua velocidade, transcorrerá silenciosamente. Ela não se prolongará por ordem de um poderoso, nem pelo desejo do povo. Correrá tal como foi impulsionada no primeiro dia, nunca sairá de seu curso, nem o retardará. O que acontecerá? Tu estás ocupado, e a vida se apressa. Por seu turno, a morte virá e a ela deverás te entregar, querendo ou não.

IX

1. Pode haver alguma coisa mais tola, me diga, que a maneira de viver desses homens que deixam a prudência de lado? Vivem ocupados para poder viver melhor: acumulam a vida, dissipando-a. Fazem seus projetos para longo tempo, porém esse adiamento é prejudicial para a vida, já que nos tira o dia a dia, rouba o presente comprometendo o futuro. A expectativa é o maior impedimento para viver: leva-nos para o amanhã e faz com que se perca o presente. Daquilo que depende do destino, abres mão; do que depende de ti, deixas fugir. Para onde te voltas, para o que te dedicas? Todas as coisas que virão jazem na incerteza: vive daqui para diante. 2. Eis que o maior profeta, como que instigado por uma boca divina, para saudar-te canta os versos: "O melhor dia da vida é o que

foge primeiro aos miseráveis mortais"[25]. "Por que te demoras", ele pergunta, "por que tardas?" Se não tomas a iniciativa, o dia foge e, mesmo que o tenhas ocupado, ele fugirá. Assim, é preciso combater a celeridade do tempo usando a velocidade, tal como de uma rápida corrente, que não fluirá para sempre, se deve beber depressa. 3. O poeta, que esplendidamente censura tua cogitação infinita, não fala de melhor idade, mas melhor dia. Estendes, com a tua avidez, aquilo que parece lento e seguro do tempo, mas que te foge de tal maneira em uma longa série de anos e meses? Ele te fala de um dia, deste próprio dia que foge. 4. Portanto, não há dúvida que o melhor dia é o primeiro que foge aos miseráveis mortais, isto é, aos ocupados. A velhice aflige tanto os seus espíritos infantis, que chegam a ela despreparados e desarmados. Na verdade, nada foi previsto: subitamente e sem estarem prontos chegam a ela, não percebendo que ficava mais próxima todos os dias. 5. Do mesmo modo que uma conversa, uma leitura ou qualquer reflexão maior desvia a atenção do viajante, que, de repente, se vê chegando ao seu destino sem perceber que dele se aproximava,

25. Virgílio, *Geórgicas*, 3, 66-67.

assim é o caminho da vida, incessante e muito rápido, que, dormindo ou acordados, fazemos com um mesmo passo e que, aos ocupados, não é evidente, exceto quando chegam ao fim.

X

1. Se quisesse dividir minha proposição em partes e argumentos, muitos deles me ocorreriam para provar que é brevíssima a vida dos homens ocupados. Fabiano[26] costumava dizer, não como um catedrático, mas como um verdadeiro e antigo filósofo: "Não é com sutileza, nem com pequenos golpes, que se deve combater as paixões, mas sacando a espada no momento do choque", não aprovava sofismas: "pois se deve vencer as paixões, não espicaçá-las". Contudo, para mostrar aos insensatos o seu erro, deve-se ensiná-los, não somente deplorá-los. 2. A vida se divide em três períodos: aquilo que foi, o que é e o que será. O que fazemos é breve, o que faremos, dúbio, o que fizemos, certo. Na verdade, o destino perdeu o controle sobre o

26. Papírio Fabiano, filósofo estoico da escola dos Séxtios.

passado, ninguém pode querer recuperá-lo. 3. Os homens ocupados admitem isso. Na verdade, eles não têm tempo para olhar para o passado e, se tivessem, lhes seria desagradável a recordação de algo penoso. O fato é que, somente forçados, eles revivem os maus tempos, não desejam retê-los, pois os vícios, embora escondidos sob alguma sedução do prazer transitório, se revelam com a recordação. 4. Ninguém retoma de bom grado o que passou, exceto aquele cujas ações estão submetidas à sua própria consciência. O que cobiçou ambiciosamente, desprezou arrogantemente, venceu violentamente, enganou perfidamente, furtou desonestamente e prodigamente gastou deve temer a sua própria recordação. Esta é a parte sagrada de nossa vida, que ultrapassa todos os reveses humanos, que não pertence ao destino e que não pode ser atingida pela miséria, pelo medo, nem pelo ataque das doenças. Não se pode incomodá-la, nem tirá-la de quem a possui: a sua posse é perpétua e intrépida. Cada dia só está presente por alguns momentos, mas todos os dias do passado a ti se apresentam quando assim ordenas; consentem que sejam detidos e inspecionados pelo teu juízo, algo que aos homens ocupados falta tempo para fazer. 5. Uma alma segura e tranquila pode correr por todos os momentos da vida; todavia, os espíritos dos homens ocupados estão sob um jugo, não podem se dobrar sobre si próprios, não podem se contemplar. Por conseguinte, a sua vida se precipita nas profundezas e, assim como de nada serve encher com líquido uma vasilha sem fundo, nada pode trazer de volta o tempo, não importa quanto ele te foi dado, se não há onde retê-lo. Ele atravessará os espíritos abalados e que nada apreendem. 6. O tempo presente é brevíssimo, ao ponto de, na verdade, não ser percebido por alguns. De fato, ele está sempre em curso, flui e se precipita; deixa de existir antes de chegar; não pode ser detido do mesmo modo que o mundo ou as estrelas, cujo incansável movimento não permite que se mantenham no mesmo lugar. Assim, somente o tempo presente pertence aos homens ocupados, tempo este tão breve que não pode ser alcançado e que é retirado deles já que estão distraídos com muitas coisas.

XI

1. Enfim, queres saber o pouco que vivem os ocupados? Vê o quanto eles desejam longamente viver. Velhos decrépitos mendigam com súplicas um prolongamento de poucos anos. Eles fingem ser mais novos do que realmente são, lisonjeiam a si próprios com mentiras e se enganam com prazer, como se pudessem iludir o destino. Mas, quando alguma doença lhes mostra a sua fragilidade, morrem amedrontados, como se não estivessem deixando a vida, mas ela estivesse sendo arrancada deles. Eles gritam que foram tolos por não terem vivido e que, se conseguirem escapar daquela doença, viverão no ócio. Então, pensam o quanto inutilmente se esforçaram para coisas que não aproveitaram, quão vãos foram todos os seus trabalhos. 2. Porém, por que não seria longa a vida para aqueles que a conduziram à distância de qualquer ocupação? Nada dela foi delegado a outrem, nada

foi dispersado, nada foi deixado à sorte, nada desperdiçado com negligência, nada esbanjado pela liberalidade, nada foi supérfluo: a vida toda foi, pode-se dizer, proveitosa. Por mais curta que seja, é mais que suficiente, de maneira que, ao chegar o último dia, o homem sábio não hesitará em ir para a morte com tranquilidade.

XII

1. Perguntas, talvez, a quem chamo de "ocupados"? Não há razão para pensares que se trate somente daqueles que só saem do tribunal quando lhes são enviados os cães[27]; nem daqueles que vês ou serem esmagados orgulhosamente por seu séquito ou, desdenhosamente, em meio ao de outros; nem daqueles cujos ofícios tiram de casa para bater à porta de outro; nem mesmo daqueles a quem a lança[28] do pretor mantém ocupados devido a uma causa em julgamento. 2. Há aqueles cujo ócio mesmo é ocupado: seja na casa de campo, em sua cama, na solidão, por mais longe que estejam de todos, eles são prejudiciais a si próprios. Deles não se pode dizer que a vida seja ociosa, mas apenas que possuem uma ocupação indolente. Tu chamas ocioso àquele que

---

27. Ao apagar das luzes.

28. A atribuição própria dos pretores, em Roma, era a administração da justiça.

coleciona os tesouros de Coríntio com ansiosa delicadeza e consome a maior parte dos dias a polir lâminas enferrujadas? Àquele que se senta no lugar onde os meninos se untam com óleo (de fato, que crime, nem sequer com vícios romanos trabalhamos!), para vê-los lutar? Que classifica seu rebanho de jumentos pela cor e pela idade? Que patrocina os atletas mais reconhecidos? 3. Chamas de ociosos os que passam muitas horas no barbeiro, enquanto é arrancado qualquer pelo que nasceu na noite anterior, falando sobre cada fio de cabelo enquanto a cabeleira é arrumada ou os cabelos deficientes são reunidos de um lado e de outro na testa? Como se irritam, se o barbeiro foi um pouco negligente, acreditando que estava aparando os cabelos de um homem de verdade! Como se inflamam, se parte de sua cabeleira foi cortada, se algo está fora da ordem, se tudo não cai em cachos idênticos! Quantos prefeririam ver em desordem a república e não a sua cabeleira? Quantos se atormentam mais com a elegância de sua cabeça do que com o seu estado de saúde? Quantos preferem ter o cabelo mais bem penteado a ser mais honesto? Estes que estão sempre ocupados entre o pente e o espelho são os que tu chamas de ociosos? 4. O que são, então, aqueles que trabalham compondo, escutando e recitando canções, enquanto torcem suas vozes, que a Natureza fez ótimas e simples, em inflexões de modulações insípidas? Estão sempre estalando os dedos para marcar alguma canção que têm na cabeça. Eles que, mesmo em assuntos sérios e, frequentemente, tristes, continuam cantarolando? 5. Estes não têm repouso, mas ocupações inertes. Certamente, eu não classificaria suas festas como tempo livre, uma vez que vejo o quão cuidadosamente organizam a baixela, quão diligentemente amarram as túnicas de seus jovens favoritos, quão inquietos ficam com o modo pelo qual o javali será preparado pelo cozinheiro; quão velozmente os jovens escravos[29], quando o sinal é dado, correm às suas tarefas; com quanta arte as aves são cortadas em pedaços pequenos; com quanto cuidado os rapazinhos limpam o vômito dos bêbados. É através desses artifícios que adquirem a fama de elegantes e luxuosos, e os seus males os seguem por todos os momentos de sua vida, eles não bebem nem comem sem alguma ambição. 6. Não contarás, de fato, entre os ociosos, aqueles que vão para

29. No original, *glabri* designa escravo imberbe.

lá e para cá sobre carruagens ou em liteiras e que, para seus passeios, jamais perdem a hora. Nem os que um outro avisa quando devem se lavar, nadar e jantar. É tamanha a debilidade e enfraquecimento de seus espíritos, que eles não conseguem saber por si próprios quando sentem fome! 7. Ouvi de um desses homens (se é que se pode chamar de humano quem desaprendeu os hábitos mais simples), quando era tirado do banho por várias mãos e colocado sobre um assento, interrogar: "Já estou sentado?". Tu crês que este que ignora se está sentado, consegue saber se vive, se enxerga, se é ocioso? Não saberei dizer, facilmente, de qual dos dois tenho mais pena, se daquele que ignora ou daquele que finge ignorar. 8. Muitos, deveras, se esquecem de várias coisas, outros fingem. Alguns vícios os seduzem como se fossem provas de felicidade, pois lhes parece ser mais do ser inferior e desprezível saber o que faz. Não creia, pois, que os mimos[30] exageram quando ridicularizam a luxúria. Francamente, esses homens excedem em muito aquilo que os

30. Curta composição dramática em prosa ou verso, declamada ou encenada por um ou mais atores, o mimo representava em geral pequenas cenas da vida quotidiana. Originou-se provavelmente nas colônias gregas do sul da Itália.

mimos apresentam. E é tamanha a abundância de vícios inacreditáveis, neste século, criativo somente para tais coisas, que já podemos acusar os mimos de negligência. É inacreditável que um homem, de tão dissoluto, precise saber por outro se está sentado! 9. Portanto, não é este o ocioso, nomeia-o de outra forma: está doente, ou ainda, é um morto-vivo. Aquele que tem consciência de seu lazer é ocioso; este, a quem é necessário que se informe onde está o seu corpo, é um mortiço e, assim, de que modo pode ser senhor de qualquer parte do seu tempo?

XIII

1. Seria exaustivo demais examinar cada um daqueles que desperdiçaram a vida em jogos de xadrez, de bola, ou bronzeando-se ao sol. Não desfrutam do ócio aqueles cujos prazeres proporcionam muitas atividades. Ninguém duvida serem muitos os que se cansam sem nada fazer, como os que se dedicam a inúteis estudos de literatura, por exemplo, e eles já são em grande número entre os romanos. 2. Este foi um legado[31] dos gregos, procurar saber quantos remadores tinha Ulisses, se foi a *Ilíada* ou a *Odisseia* que foi escrita primeiro e, ainda, se eram do mesmo autor, além de outros saberes dessa natureza que, se os tens para ti, em nada te gratificam e, se os tornas público, não serás considerado mais sábio, senão mais enfadonho. 3. Eis que

31. Crítica de Sêneca aos que se dedicam aos estudos de literatura.

essa paixão de aprender coisas inúteis[32] tomou conta dos romanos. Há alguns dias, ouvi alguém contando qual foi o primeiro dos comandantes a realizar algumas ações, tais como: Duílio foi o primeiro a vencer uma batalha naval, Cúrio Dentato foi o primeiro a levar elefantes em seu cortejo triunfal. Esses assuntos, embora não levem à glória verdadeira, mostram exemplos de feitos cívicos. Tal ciência não traz nenhum benefício, apesar de chamar a atenção pela frivolidade da façanha. 4. Devemos perdoar também aos que investigam matérias como esta: quem foi o primeiro a convencer os romanos a embarcar em um navio? Foi Cláudio, por este motivo chamado *Caudex*, porque, entre os antigos, a reunião de várias tábuas era chamada de *caudex*; de onde o nome de códices para as tábuas da lei. Ainda hoje, os navios que carregam provisões pelo Tibre são chamados, à maneira antiga, de *codicariae*. 5. Não se duvida que isto possa ter algum valor, ou seja, que Valério Corvino foi o primeiro a subjugar Messina e, tomando para si o nome da cidade conquistada, foi o primeiro da família dos Valérios a chamar-se Messana, o

32. Para Sêneca, só interessavam os conhecimentos proporcionados pela Filosofia.

qual, o vulgo, trocando as letras, passou a chamar de Messala. 6. Acaso vais permitir a alguém se ocupar disto também, ou seja, que Lúcio Sula foi o primeiro a mostrar os leões soltos no circo, enquanto que antes eram vistos acorrentados, e que foram enviados arqueiros pelo rei Boco para exterminá-los? Façamos, porém, essa concessão. Mas, acaso há algum valor em saber que Pompeu foi o primeiro a mostrar um combate, no circo, com dezoito elefantes, tendo sido enviados criminosos para enfrentá-los como se fosse uma batalha? O primeiro dos cidadãos e, como conta a tradição, entre os antigos líderes, considerado o que se destacou pela sua bondade, pensou ser um novo tipo de espetáculo digno de ser relembrado matar homens de uma nova maneira? Combatem? É pouco! Despedaçam-se? É pouco! Que sejam esmagados por uma enorme quantidade de animais! 7. Seria bom que isso fosse esquecido para que, mais tarde, alguém não aprendesse e invejasse uma ação, no mínimo, desumana. Quantas trevas uma grande felicidade causa às nossas mentes! Acreditou estar acima das leis da natureza quando atirou o bando de miseráveis a feras nascidas sobre outros céus, quando proporcionou uma batalha entre animais tão díspares, quando fez correr muito sangue diante do povo romano – aquele que, em breve, seria obrigado a verter muito mais. Mas, logo após, o mesmo[33], enganado pela deslealdade alexandrina, entregou-se a um simples escravo para ser morto, só então compreendendo a inútil ostentação de seu cognome[34]. 8. Mas, para voltar ao ponto de onde me desviei e para mostrar a inútil atenção de alguns nessa matéria, aquele mesmo estudioso narrava que Metelo, tendo vencido os cartagineses na Sicília, foi o único dentre os romanos a levar em sua marcha triunfal, diante de seu carro, cento e vinte elefantes; e que Sula foi o último dos romanos a aumentar o *pomerium*[35], coisa que só era feita, segundo os costumes antigos, após a conquista de territórios italianos e não provinciais. Tem utilidade maior saber que o monte Aventino estava situado fora do *pomerium*, como afirmava aquele, por causa de dois motivos, a saber, ou porque a plebe tinha se afastado desse local, ou porque Remo, procurando os auspícios, o voo das aves

33. Pompeu.

34. Pompeu, o grande, foi morto por um escravo ao desembarcar escondido na Alexandria.

35. Espaço sagrado onde não era permitido construir, nem plantar, situado fora das muralhas de Roma.

não foi, neste lugar, favorável – e ainda tantos outros saberes, que, ou estão cheios de mentiras, ou são dessa natureza? 9. Mesmo que admitas que eles contam tudo isso de boa-fé e que são responsáveis pelo que escrevem, contudo, isso ajudará a diminuir os enganos de quem? Irá refrear as paixões de alguém? A quem tornará mais generoso, mais corajoso ou mais justo? Por vezes, Fabiano dizia duvidar se era melhor não levar adiante estudo algum do que se envolver com os de tal natureza.

XIV

1. Dentre todos, somente são ociosos os que estão livres para a sabedoria, apenas estes vivem, pois não só controlam bem sua vida, como também lhe acrescentam a eternidade. Todos os anos que se passaram antes deles são somados aos seus. A não ser que sejamos muito ingratos, aqueles sábios fundadores das ideias sagradas nasceram para nós e nos prepararam a vida. Pelos seus esforços, somos conduzidos das trevas para a luz, para as coisas mais belas. Não nos é proibido o acesso a nenhum século, somos recebidos em todos; e se desejarmos, pela grandeza da alma, ultrapassar os pequenos limites da fraqueza humana, há um enorme espaço de tempo a ser percorrido. 2. Poderemos disputar com Sócrates, duvidar com Carnéades, encontrar a tranquilidade com Epicuro, vencer a natureza do homem com os estoicos, ultrapassá-la com os cínicos. Uma vez que a natureza nos permite

comungar com toda a eternidade, por que não nos afastarmos da estreita e pequena passagem do tempo e nos entregarmos com todo o nosso espírito ao que é ilimitado, eterno e dividido com os melhores? 3. Os que se envolvem com muitos compromissos, os que inquietam a si e aos outros, conscientes de suas insânias, após terem percorrido, todos os dias, as portas de todos e não ter deixado de entrar em nenhuma que estivesse aberta, após terem levado sua saudação interesseira às mais longínquas casas, muito pouco terão visto numa cidade tão grande e dilacerada por inúmeros desejos. 4. Quantos serão aqueles cujo sono, luxúria e grosseria os afastarão! Quantos, após os terem sacrificado com longa espera, não passarão fingindo pressa? Quantos não vão evitar passar pelo átrio repleto de clientes, fugindo por portas escondidas, como se fosse menos descortês enganar do que despedir? Quantos, ainda, sonolentos e pesados pela bebedeira da véspera, responderão, aos pobres miseráveis que interromperam seu sono, bocejando arrogantemente, mal abrindo os lábios, que fiquem esperando, pois voltarão a dormir? 5. É lícito afirmar que se dedicam aos verdadeiros ofícios os que querem desfrutar, todos os dias, da intimidade de Zenão, Pitágoras, Demócrito, Aristóteles, Teofrasto e de outros mestres das boas artes. Nenhum deles faltará, nenhum mandará embora aquele que o procurar sem deixá-lo mais feliz e mais dedicado a ele; nenhum permitirá, a quem quer que seja, sair de mãos vazias; eles podem ser encontrados por qualquer mortal, seja durante o dia, seja à noite.

XV

1. Nenhum deles vai te levar para a morte, todos te ensinarão a morrer; nenhum deles desperdiçará teus anos, te oferecerá os seus; nunca a conversa com eles será perigosa, nunca a amizade será fatal, ou o respeito dispendioso. Conseguirás deles tudo que desejas; eles não serão culpados, se não conseguires exaurir aquilo o que querias. 2. Que felicidade, que bela velhice terá aquele que se propuser a ser cliente deles! Este terá com quem dialogar sobre as menores e maiores questões, a quem consultar todos os dias sobre si mesmo, de quem escutar a verdade sem ser ofendido, e será louvado sem adulação para que se possa moldar à sua semelhança. 3. Costumamos dizer que não está em nosso poder escolher os pais que o destino nos deu; porém, podemos ter um nascimento de acordo com nossa escolha. Há famílias dos mais nobres espíritos, basta escolher a qual delas desejas pertencer e

receberás não apenas o nome, mas também os bens, os quais não precisarás vigiar de forma miserável e mesquinha, pois quanto mais forem compartilhados, maiores se tornarão. 4. Estes te levarão ao caminho da eternidade, te elevarão ao ponto mais alto de onde ninguém corre o risco de cair. Esta é a maneira de prolongar a vida, ou mesmo de transformá-la em imortalidade. As honras, os monumentos, tudo aquilo que a ambição decretou ou construiu com trabalhos logo há de ruir, uma vez que não existe nada que a passagem do tempo não arruíne ou ponha em desordem. Porém, não pode atingir os conhecimentos que a sabedoria construiu, pois nenhuma idade pode destruí-los ou diminuí-los. A próxima e as seguintes sempre vão aumentá-los mais um pouco, já que a inveja avista apenas o que está próximo de si, e admiramos com menos astúcia o que está distante. 5. Assim, a vida do sábio[36] se estende por muito tempo, ele não tem os mesmos limites que os outros, é o único que não depende das leis do gênero

36. Até a Idade Média, os conceitos, bem como a nomenclatura de "sábio" e "filósofo", se confundiam e designavam unicamente os filósofos gregos e romanos da Antiguidade Clássica, a saber, os Pré-Socráticos, Sócrates, Platão, Aristóteles etc.

humano, todos os séculos o servem como a um deus. Algo se perde no passado? Ele recupera com a memória. Está no agora? Ele desfruta. Há de vir com o futuro? Ele antecede. A união de todos os tempos em um só momento faz com que sua vida seja longa.

XVI

1. Muito breve e agitada é a vida daqueles que esquecem o passado, negligenciam o presente e temem o futuro. Quando chegam ao fim, os coitados entendem, muito tarde, que estiveram ocupados fazendo nada. 2. E por que invocam a morte, não se pode provar que tenham vivido uma longa existência. Sua imprudência atormenta-os com sentimentos incertos, os quais direcionam para as próprias coisas que temem: desejam a morte porque ela os amedronta. 3. Não é argumento para nos levar a pensar que desfrutam de uma longa vida o fato de, muitas vezes, acharem que os dias são longos, ou reclamarem de que as horas custam a passar até o jantar, pois, se estão sem ocupação, sentem-se abandonados e inquietam-se com o ócio sem saber como dispor do mesmo ou acabar com ele. Assim, desejam uma ocupação qualquer, e o período de tempo entre dois afazeres é

cansativo. E, certamente, é isso que acontece quando o dia do combate dos gladiadores é marcado, ou quando se aguarda qualquer outro evento ou espetáculo: desejam pular os dias que ficam no meio. 4. Toda a espera por alguma coisa lhes é penosa, mas aquele momento que aspiram é breve e passa rápido, tornando-se muito mais breve por sua própria culpa, pois transitam de um prazer a outro sem permanecer em apenas um desejo. Seus dias não são longos, mas insuportáveis. Ao contrário, muito curtas lhes parecem as noites que passam nos braços das prostitutas, ou entregues a bebedeiras! 5. Talvez daí resulte o delírio dos poetas[37] que alimentam os erros dos homens com histórias nas quais se mostra Júpiter, embevecido pelo desejo do coito, duplicando a duração da noite[38]. De que se trata, senão de exaltar os nossos vícios, já que os encontramos nos deuses e vemos na divindade um exemplo de fraqueza? Podem estes não achar muito curtas as noites pelas quais pagam tão caro? Perdem o dia esperando a noite; a noite, com medo da aurora.

37. Desde Platão, os poetas são criticados.

38. Júpiter, para conquistar Alcmena e desfrutar mais de sua companhia, faz a noite durar o dobro.

XVII

1. Os seus prazeres são inquietos e abalados por aflitos terrores, e, mesmo nos momentos de maior alegria, este pensamento inoportuno aparece no seu íntimo: "Até quando isso durará?". Nesse estado de ânimo, os reis lastimaram o seu poderio, não os consolou a grandeza da sua sorte, mas os aterrorizou o fim da sua ventura. 2. O mais insolente rei dos persas[39], quando, por grande espaço de campos, estendia o seu exército, o qual não podia medir pelo número, mas sim pela extensão, verteu lágrimas, porque, em cem anos, ninguém desta multidão de jovens haveria de estar vivo. Mas a esses, pelos quais chorava, ele próprio faria perecer uns na terra, outros no mar, uns em combate, outros na fuga, e, dentro de pouco tempo, exterminaria aqueles pelos quais temia o centésimo ano. 3. E então, as alegrias deles são ansiosas? É que não se apoiam

39. Xerxes.

sobre fundamentos sólidos, mas são perturbadas pela mesma inutilidade que as origina. Quais, então, acreditas serem os momentos tristes da vida deles, por eles próprios confessos, quando esses períodos de tempo dos quais se orgulham e parecem elevá-los acima da humanidade estão longe de lhes oferecer uma felicidade pura?

4. Os maiores bens demonstram inquietude, e as maiores fortunas são as menos confiáveis. Outra felicidade é necessária para conservar a felicidade, e, para os mesmos votos realizados, devem ser feitos novos votos. De fato, tudo aquilo que vem por acaso é instável, e o que mais alto se eleva, mais facilmente cai. Ora, a ninguém as coisas decaídas causam deleite. É, portanto, evidente que seja não apenas muito curta, mas também muito infeliz a vida daqueles que a preparam com grande trabalho e que só a podem conservar com esforços maiores ainda.

5. Adquirem penosamente aquilo que desejam, possuem com apreensão o que adquiriram. Enquanto isso, não se dão conta do tempo que não voltará, novas preocupações substituem as antigas, uma esperança realizada faz nascer outra esperança, a ambição provoca a ambição. Nossos cargos nos atormentam? Mais tempo

lhe dedicamos que a outras coisas. Desejamos trabalhar como candidatos? Começamos como eleitores. Renunciamos à penosa função de acusar? Aspiramos à de julgar. Deixou de ser juiz? É feito pretor. Envelheceu na administração de bens alheios? Mantém-se ocupado com suas próprias riquezas. 6. Mário[40] largou o serviço militar? Torna-se cônsul. Quíntio[41] apressa-se a deixar a ditadura? Será mais uma vez arrancado do arado. Ainda não amadurecido por tantas empresas, o rei Cipião[42], vencedor de Aníbal[43] e de Antíoco[44], marchará contra os cartagineses, ornamento do seu próprio consulado, garantia do de seu irmão[45] e, se ele próprio não tivesse impedido, teria sido colocado ao lado de Júpiter[46]. Os cidadãos sediciosos perseguirão o salvador dos cidadãos e, tendo recusado na juventude honras que o tinham igualado ao deus Júpiter,

---

40. Lúcio Gaio Mário (157-86 a.C.), vencedor de Jugurta.

41. Refere-se a Cincinato, que foi chamado do campo para se tornar ditador.

42. Cipião Africano Maior (236-183 a.C), comandante do exército romano na Segunda Guerra Púnica.

43. Segundo consta, em Zama, no ano 202 a.C.

44. Rei da Síria, em 190 a.C.

45. Lúcio.

46. Cipião recusou que uma estátua sua fosse posta no templo de Júpiter Capitolino.

já velho, o deleitaria apenas a ambição de um tranquilo exílio. Nunca faltarão motivos, felizes ou infelizes, para a preocupação. A vida ocorrerá através das ocupações; nunca o ócio será obtido, sempre desejado.

XVIII

1. Afasta-te, então, do vulgo, caríssimo Paulino, mas, embora já bastante sofrido pela duração de tua vida, não deixa de procurar um porto mais tranquilo. Pensa quantas agitações subjugaste, quantas tempestades, privadas, suportaste, outras, públicas, se atiraram sobre ti. Por trabalhosos e inquietos exemplos, já demonstraste suficientemente ser virtuoso. Agora, experimenta o que farias no ócio. A maior parte da tua vida, certamente a melhor, foi dedicada à República, assim, toma um pouco do teu tempo para ti. 2. E não te convido à preguiça nem à inércia, pois nem no sono, nem em qualquer dos prazeres caros ao vulgo submergirias a vigorosa índole que há em ti. Isso não é repousar. Encontrarás atividades mais importantes que todas as que realizaste com devoção até aqui, as quais executarás no retiro e sem preocupações. 3. Tu, certamente, administras os afazeres do mundo

tão desinteressadamente quanto os de outros, tão zelosamente quanto os teus, tão religiosamente quanto os do Estado. Obténs a afeição num ofício em que é difícil evitar o ódio, mas, contudo, acredita, vale mais se ocupar da tua própria vida do que dos suprimentos públicos. 4. Afasta esta força de espírito, capaz das maiores coisas, para um ministério honroso, sem dúvida, mas pouco preparado para uma vida feliz, e pensa que não foste instruído, desde a tenra idade, nas artes liberais, para que te ocupasses com milhares de grãos de trigo. Esperaste coisas maiores e mais elevadas. Não faltarão homens de perfeita sobriedade e de laboriosa atividade bem mais aptos a carregar pesos. Lentos jumentos são mais capazes para o trabalho que nobres cavalos, e quem já oprimiu a generosa agilidade deles com uma pesada bagagem? Pensa, além disso, quanto cuidado provoca uma carga tão penosa. Vais te ocupar com o ventre humano. Um povo com fome não é racional; portanto, nem a equidade saberia acalmá-lo, nem as orações dobrá-lo. 5. Há pouco, logo após a morte de Caio César[47], diz-se que este sofreu muito (se é que existe ainda algum sentido no além) porque o povo

47. Refere-se a Calígula.

sobreviveu a ele e porque certamente teria subsistência para mais sete ou oito dias! Enquanto construía pontes com navios[48] e brincava com as forças do império, aproximava-se o último dos males também para os habitantes: a escassez de alimentos. Constituiu-se quase na morte e na fome e, consequência da fome, a ruína de todas as coisas o seu infeliz desejo de imitar um rei insensato e estrangeiro[49]. 6. Que estado de ânimo tinham aqueles aos quais eram confiados os abastecimentos públicos, ameaçados com ferro, pedras, fogo, e pela fúria de Calígula? Com enorme dissimulação, escondiam um mal latente embutido entre as vísceras do Estado e, digo, agiam assim com razão. De fato, algumas

---

48. Calígula ligou, por meio de uma ponte, o espaço que separava Baías do molhe de Puzoles, juntando todos os navios existentes em fila dupla, recobertos de um calçamento de terra que lembrava a Via Ápia (cf. Suetônio, *A vida dos doze Césares*).

49. Xerxes (519-465 a.C.), rei persa, filho de Dario I. "O exército de Xerxes, que foi o maior que viu o mundo, constava de cinco mil naus e cinco milhões de combatentes; e porque de uma e outra parte fez continente o Helesponto, e cavou e fez navegável o monte Ato, disse dele Marco Túlio, que caminhava os mares a pé, e navegava os montes (...)." Sermão da Primeira Dominga do Advento (1655), Pe. Antônio Vieira, In: *Sermões*, col. Obras Imortais da Nossa Literatura, Rio de Janeiro: Editora Três, 1974.

doenças devem ser curadas com a ignorância dos pacientes; muitos morreram por conhecer a causa do seu mal.

XIX

1. Refugia-te nestas coisas mais tranquilas, mais seguras, mais elevadas! Pensas que é a mesma coisa cuidar para que o transporte do trigo chegue livre da fraude e da negligência dos transportadores, que seja armazenado com cuidado nos armazéns, de modo que não se aqueça ou que não se estrague pela umidade e não fermente, e, por último, que a medida e o peso se encontrem de acordo com o combinado; pensas que tais cuidados possam ser comparados com estes santos e sublimes estudos que te revelarão a natureza de Deus, seu prazer, sua condição, sua forma? Irão te indicar o destino reservado à tua alma, onde nos colocará a natureza quando formos libertos dos corpos? O que sustenta os corpos mais pesados no meio deste mundo, o que suspende os mais leves, leva o fogo às regiões mais elevadas; indica aos astros a sua rotação e, assim, muitos outros fenômenos ainda mais

maravilhosos? 2. Queres, uma vez abandonada a terra, voltar a mente a essas coisas? Agora que o sangue ainda aquece e que está pleno de vigor, devemos tender às coisas melhores. Encontrarás, neste tipo de vida, o entusiasmo das ciências úteis, o amor e a prática da virtude, o esquecimento das paixões, a arte de viver e de morrer, uma calma inalterável. 3. Certamente, miserável é a condição de todas as pessoas ocupadas, mas ainda mais miserável a daqueles que sobrecarregam a sua vida de cuidados que não são para si, esperando, para dormir, o sono dos outros, para comer, que outro tenha apetite, que caminham segundo o passo dos outros e que estão sob as ordens deles nas coisas que são as mais espontâneas de todas – amar e odiar. Se desejam saber quão breve é a sua vida, que calculem quão exígua é a parte que lhes toca.

XX

1. Por isso, quando vires, com frequência, uma toga pretexta ou um nome célebre, no foro, não tenhas inveja, já que essas coisas se obtêm a custo da própria vida. A fim de que um único ano lhes seja dado, consumirão todos os seus anos. A vida abandonou a alguns logo na sua primeira fase, antes de conseguirem atingir o máximo de sua ambição; a outros, após terem cometido diversas desonestidades e galgado a mais elevada posição, vem-lhes à mente a amarga convicção de ter trabalhado tanto por uma vã inscrição num túmulo. Por último, os velhos, muito ocupados com as frescas esperanças, que não convêm senão à juventude, sucumbem de fraqueza entre esforços enormes e sôfregos. 2. Vergonha daquele a quem, pela idade avançada, falta fôlego no tribunal, defendendo causas vis e buscando o aplauso de um auditório ignorante. Pobre daquele que, cansado

mais de viver do que de trabalhar, sucumbe entre suas próprias ocupações. Coitado daquele que, ao morrer, o herdeiro, o qual muito tem feito esperar, escarnece contando o seu dinheiro. 3. Não posso deixar passar um exemplo que me ocorre: Turrânio[50] tornou-se um velho muito ativo, mas, depois dos noventa anos, tendo recebido inesperadamente de Caio César a exoneração de seu cargo, pôs-se à cama e ordenou aos seus, reunidos a sua volta, que o chorassem como morto. A casa toda chorava o ócio do velho patrão, e não findou o luto antes que lhe fosse restituído o seu trabalho. 4. A tal ponto é agradável morrer ocupado? A maior parte dos homens tem o mesmo estado de ânimo: neles, o desejo do trabalho é maior que a capacidade para tal, combatem a decadência do corpo, e a própria velhice lhes parece deplorável, pois os afasta dos negócios. Aos cinquenta anos, a lei dispensa do serviço militar; aos sessenta, não convoca os senadores, mas os homens mais dificilmente concedem a si próprios o repouso do que a lei. 5. Nesse meio tempo, enquanto furtam e são furtados, enquanto um acaba com o descanso

50. Anterior *praefectus annonae*, o encarregado do abastecimento da cidade, especialmente do trigo.

do outro, enquanto são reciprocamente infelizes, a vida é sem proveito, sem prazer, sem nenhum progresso do espírito. Ninguém tem a morte diante dos olhos, todos projetam longe as esperanças. Alguns chegam a organizar aquelas coisas que estão além de suas vidas: a construção de grandes mausoléus, a dedicatória de serviços públicos e jogos fúnebres e orgulhosas exéquias. Francamente, os funerais destes, como se tivessem vivido pouquíssimo, deveriam ser conduzidos à luz de tochas e velas[51].

51. Referência a funerais de crianças, pois esses eram conduzidos à luz de velas e tochas.

Coleção **L&PM** POCKET

ÚLTIMOS LANÇAMENTOS

916.**Uma breve história do mundo** – H. G. Wells
917.**A Casa do Penhasco** – Agatha Christie
919.**John M. Keynes** – Bernard Gazier
920(20).**Virginia Woolf** – Alexandra Lemasson
921.**Peter e Wendy** *seguido de* **Peter Pan em Kensington Gardens** – J. M. Barrie
922.**Aline: numas de colegial (5)** – Adão Iturrusgarai
923.**Uma dose mortal** – Agatha Christie
924.**Os trabalhos de Hércules** – Agatha Christie
926.**Kant** – Roger Scruton
927.**A inocência do Padre Brown** – G.K. Chesterton
928.**Casa Velha** – Machado de Assis
929.**Marcas de nascença** – Nancy Huston
930.**Aulete de bolso**
931.**Hora Zero** – Agatha Christie
932.**Morte na Mesopotâmia** – Agatha Christie
934.**Nem te conto, João** – Dalton Trevisan
935.**As aventuras de Huckleberry Finn** – Mark Twain
936(21).**Marilyn Monroe** – Anne Plantagenet
937.**China moderna** – Rana Mitter
938.**Dinossauros** – David Norman
939.**Louca por homem** – Claudia Tajes
940.**Amores de alto risco** – Walter Riso
941.**Jogo de damas** – David Coimbra
942.**Filha é filha** – Agatha Christie
943.**M ou N?** – Agatha Christie
945.**Bidu: diversão em dobro!** – Mauricio de Sousa
946.**Fogo** – Anaïs Nin
947.**Rum: diário de um jornalista bêbado** – Hunter Thompson
948.**Persuasão** – Jane Austen
949.**Lágrimas na chuva** – Sergio Faraco
950.**Mulheres** – Bukowski
951.**Um pressentimento funesto** – Agatha Christie
952.**Cartas na mesa** – Agatha Christie
954.**O lobo do mar** – Jack London
955.**Os gatos** – Patricia Highsmith
956(22).**Jesus** – Christiane Rancé
957.**História da medicina** – William Bynum
958.**O Morro dos Ventos Uivantes** – Emily Brontë
959.**A filosofia na era trágica dos gregos** – Nietzsche
960.**Os treze problemas** – Agatha Christie
961.**A massagista japonesa** – Moacyr Scliar
963.**Humor do miserê** – Nani
964.**Todo o mundo tem dúvida, inclusive você** – Édison de Oliveira
965.**A dama do Bar Nevada** – Sergio Faraco
969.**O psicopata americano** – Bret Easton Ellis
970.**Ensaios de amor** – Alain de Botton
971.**O grande Gatsby** – F. Scott Fitzgerald
972.**Por que não sou cristão** – Bertrand Russell
973.**A Casa Torta** – Agatha Christie
974.**Encontro com a morte** – Agatha Christie
975(23).**Rimbaud** – Jean-Baptiste Baronian
976.**Cartas na rua** – Bukowski
977.**Memória** – Jonathan K. Foster
978.**A abadia de Northanger** – Jane Austen
979.**As pernas de Úrsula** – Claudia Tajes
980.**Retrato inacabado** – Agatha Christie
981.**Solanin (1)** – Inio Asano
982.**Solanin (2)** – Inio Asano
983.**Aventuras de menino** – Mitsuru Adachi
984(16).**Fatos & mitos sobre sua alimentação** – Dr. Fernando Lucchese
985.**Teoria quântica** – John Polkinghorne
986.**O eterno marido** – Fiódor Dostoiévski
987.**Um safado em Dublin** – J. P. Donleavy
988.**Mirinha** – Dalton Trevisan
989.**Akhenaton e Nefertiti** – Carmen Seganfredo e A. S. Franchini
990.**On the Road – o manuscrito original** – Jack Kerouac
991.**Relatividade** – Russell Stannard
992.**Abaixo de zero** – Bret Easton Ellis
993(24).**Andy Warhol** – Mériam Korichi
995.**Os últimos casos de Miss Marple** – Agatha Christie
996.**Nico Demo: Aí vem encrenca** – Mauricio de Sousa
998.**Rousseau** – Robert Wokler
999.**Noite sem fim** – Agatha Christie
1000.**Diários de Andy Warhol (1)** – Editado por Pat Hackett
1001.**Diários de Andy Warhol (2)** – Editado por Pat Hackett
1002.**Cartier-Bresson: o olhar do século** – Pierre Assouline
1003.**As melhores histórias da mitologia: vol. 1** – A.S. Franchini e Carmen Seganfredo
1004.**As melhores histórias da mitologia: vol. 2** – A.S. Franchini e Carmen Seganfredo
1005.**Assassinato no beco** – Agatha Christie
1006.**Convite para um homicídio** – Agatha Christie
1008.**História da vida** – Michael J. Benton
1009.**Jung** – Anthony Stevens
1010.**Arsène Lupin, ladrão de casaca** – Maurice Leblanc
1011.**Dublinenses** – James Joyce
1012.**120 tirinhas da Turma da Mônica** – Mauricio de Sousa
1013.**Antologia poética** – Fernando Pessoa
1014.**A aventura de um cliente ilustre** *seguido de* **O último adeus de Sherlock Holmes** – Sir Arthur Conan Doyle
1015.**Cenas de Nova York** – Jack Kerouac
1016.**A corista** – Anton Tchékhov
1017.**O diabo** – Leon Tolstói
1018.**Fábulas chinesas** – Sérgio Capparelli e Márcia Schmaltz
1019.**O gato do Brasil** – Sir Arthur Conan Doyle
1020.**Missa do Galo** – Machado de Assis
1021.**O mistério de Marie Rogêt** – Edgar Allan Poe

1022.**A mulher mais linda da cidade** – Bukowski
1023.**O retrato** – Nicolai Gogol
1024.**O conflito** – Agatha Christie
1025.**Os primeiros casos de Poirot** – Agatha Christie
1027(25).**Beethoven** – Bernard Fauconnier
1028.**Platão** – Julia Annas
1029.**Cleo e Daniel** – Roberto Freire
1030.**Til** – José de Alencar
1031.**Viagens na minha terra** – Almeida Garrett
1032.**Profissões para mulheres e outros artigos feministas** – Virginia Woolf
1033.**Mrs. Dalloway** – Virginia Woolf
1034.**O cão da morte** – Agatha Christie
1035.**Tragédia em três atos** – Agatha Christie
1037.**O fantasma da Ópera** – Gaston Leroux
1038.**Evolução** – Brian e Deborah Charlesworth
1039.**Medida por medida** – Shakespeare
1040.**Razão e sentimento** – Jane Austen
1041.**A obra-prima ignorada *seguido de* Um episódio durante o Terror** – Balzac
1042.**A fugitiva** – Anaïs Nin
1043.**As grandes histórias da mitologia greco-romana** – A. S. Franchini
1044.**O corno de si mesmo & outras historietas** – Marquês de Sade
1045.**Da felicidade *seguido de* Da vida retirada** – Sêneca
1046.**O horror em Red Hook e outras histórias** – H. P. Lovecraft
1047.**Noite em claro** – Martha Medeiros
1048.**Poemas clássicos chineses** – Li Bai, Du Fu e Wang Wei
1049.**A terceira moça** – Agatha Christie
1050.**Um destino ignorado** – Agatha Christie
1051(26).**Buda** – Sophie Royer
1052.**Guerra Fria** – Robert J. McMahon
1053.**Simons's Cat: as aventuras de um gato travesso e comilão – vol. 1** – Simon Tofield
1054.**Simons's Cat: as aventuras de um gato travesso e comilão – vol. 2** – Simon Tofield
1055.**Só as mulheres e as baratas sobreviverão** – Claudia Tajes
1057.**Pré-história** – Chris Gosden
1058.**Pintou sujeira!** – Mauricio de Sousa
1059.**Contos de Mamãe Gansa** – Charles Perrault
1060.**A interpretação dos sonhos: vol. 1** – Freud
1061.**A interpretação dos sonhos: vol. 2** – Freud
1062.**Frufru Rataplã Dolores** – Dalton Trevisan
1063.**As melhores histórias da mitologia egípcia** – Carmem Seganfredo e A.S. Franchini
1064.**Infância. Adolescência. Juventude** – Tolstói
1065.**As consolações da filosofia** – Alain de Botton
1066.**Diários de Jack Kerouac – 1947-1954**
1067.**Revolução Francesa – vol. 1** – Max Gallo
1068.**Revolução Francesa – vol. 2** – Max Gallo
1069.**O detetive Parker Pyne** – Agatha Christie
1070.**Memórias do esquecimento** – Flávio Tavares
1071.**Drogas** – Leslie Iversen
1072.**Manual de ecologia (vol.2)** – J. Lutzenberger
1073.**Como andar no labirinto** – Affonso Romano de Sant'Anna
1074.**A orquídea e o serial killer** – Juremir Machado da Silva
1075.**Amor nos tempos de fúria** – Lawrence Ferlinghetti
1076.**A aventura do pudim de Natal** – Agatha Christie
1078.**Amores que matam** – Patricia Faur
1079.**Histórias de pescador** – Mauricio de Sousa
1080.**Pedaços de um caderno manchado de vinho** – Bukowski
1081.**A ferro e fogo: tempo de solidão (vol.1)** – Josué Guimarães
1082.**A ferro e fogo: tempo de guerra (vol.2)** – Josué Guimarães
1084(17).**Desembarcando o Alzheimer** – Dr. Fernando Lucchese e Dra. Ana Hartmann
1085.**A maldição do espelho** – Agatha Christie
1086.**Uma breve história da filosofia** – Nigel Warburton
1088.**Heróis da História** – Will Durant
1089.**Concerto campestre** – L. A. de Assis Brasil
1090.**Morte nas nuvens** – Agatha Christie
1092.**Aventura em Bagdá** – Agatha Christie
1093.**O cavalo amarelo** – Agatha Christie
1094.**O método de interpretação dos sonhos** – Freud
1095.**Sonetos de amor e desamor** – Vários
1096.**120 tirinhas do Dilbert** – Scott Adams
1097.**200 fábulas de Esopo**
1098.**O curioso caso de Benjamin Button** – F. Scott Fitzgerald
1099.**Piadas para sempre: uma antologia para morrer de rir** – Visconde da Casa Verde
1100.**Hamlet (Mangá)** – Shakespeare
1101.**A arte da guerra (Mangá)** – Sun Tzu
1104.**As melhores histórias da Bíblia (vol.1)** – A. S. Franchini e Carmen Seganfredo
1105.**As melhores histórias da Bíblia (vol.2)** – A. S. Franchini e Carmen Seganfredo
1106.**Psicologia das massas e análise do eu** – Freud
1107.**Guerra Civil Espanhola** – Helen Graham
1108.**A autoestrada do sul e outras histórias** – Julio Cortázar
1109.**O mistério dos sete relógios** – Agatha Christie
1110.**Peanuts: Ninguém gosta de mim... (amor)** – Charles Schulz
1111.**Cadê o bolo?** – Mauricio de Sousa
1112.**O filósofo ignorante** – Voltaire
1113.**Totem e tabu** – Freud
1114.**Filosofia pré-socrática** – Catherine Osborne
1115.**Desejo de status** – Alain de Botton
1118.**Passageiro para Frankfurt** – Agatha Christie
1120.**Kill All Enemies** – Melvin Burgess
1121.**A morte da sra. McGinty** – Agatha Christie
1122.**Revolução Russa** – S. A. Smith
1123.**Até você, Capitu?** – Dalton Trevisan
1124.**O grande Gatsby (Mangá)** – F. S. Fitzgerald
1125.**Assim falou Zaratustra (Mangá)** – Nietzsche
1126. **Peanuts: É para isso que servem os amigos (amizade)** – Charles Schulz

1127(27).**Nietzsche** – Dorian Astor
1128.**Bidu: Hora do banho** – Mauricio de Sousa
1129.**O melhor do Macanudo Taurino** – Santiago
1130.**Radicci 30 anos** – Iotti
1131.**Show de sabores** – J.A. Pinheiro Machado
1132.**O prazer das palavras** – vol. 3 – Cláudio Moreno
1133.**Morte na praia** – Agatha Christie
1134.**O fardo** – Agatha Christie
1135.**Manifesto do Partido Comunista (Mangá)** – Marx & Engels
1136.**A metamorfose (Mangá)** – Franz Kafka
1137.**Por que você não se casou... ainda** – Tracy McMillan
1138.**Textos autobiográficos** – Bukowski
1139.**A importância de ser prudente** – Oscar Wilde
1140.**Sobre a vontade na natureza** – Arthur Schopenhauer
1141.**Dilbert (8)** – Scott Adams
1142.**Entre dois amores** – Agatha Christie
1143.**Cipreste triste** – Agatha Christie
1144.**Alguém viu uma assombração?** – Mauricio de Sousa
1145.**Mandela** – Elleke Boehmer
1146.**Retrato do artista quando jovem** – James Joyce
1147.**Zadig ou o destino** – Voltaire
1148.**O contrato social (Mangá)** – J.-J. Rousseau
1149.**Garfield fenomenal** – Jim Davis
1150.**A queda da América** – Allen Ginsberg
1151.**Música na noite & outros ensaios** – Aldous Huxley
1152.**Poesias inéditas & Poemas dramáticos** – Fernando Pessoa
1153.**Peanuts: Felicidade é...** – Charles M. Schulz
1154.**Mate-me por favor** – Legs McNeil e Gillian McCain
1155.**Assassinato no Expresso Oriente** – Agatha Christie
1156.**Um punhado de centeio** – Agatha Christie
1157.**A interpretação dos sonhos (Mangá)** – Freud
1158.**Peanuts: Você não entende o sentido da vida** – Charles M. Schulz
1159.**A dinastia Rothschild** – Herbert R. Lottman
1160.**A Mansão Hollow** – Agatha Christie
1161.**Nas montanhas da loucura** – H.P. Lovecraft
1162(28).**Napoleão Bonaparte** – Pascale Fautrier
1163.**Um corpo na biblioteca** – Agatha Christie
1164.**Inovação** – Mark Dodgson e David Gann
1165.**O que toda mulher deve saber sobre os homens: a afetividade masculina** – Walter Riso
1166.**O amor está no ar** – Mauricio de Sousa
1167.**Testemunha de acusação & outras histórias** – Agatha Christie
1168.**Etiqueta de bolso** – Celia Ribeiro
1169.**Poesia reunida (volume 3)** – Affonso Romano de Sant'Anna
1170.**Emma** – Jane Austen
1171.**Que seja em segredo** – Ana Miranda
1172.**Garfield sem apetite** – Jim Davis
1173.**Garfield: Foi mal...** – Jim Davis
1174.**Os irmãos Karamázov (Mangá)** – Dostoiévski
1175.**O Pequeno Príncipe** – Antoine de Saint-Exupéry
1176.**Peanuts: Ninguém mais tem o espírito aventureiro** – Charles M. Schulz
1177.**Assim falou Zaratustra** – Nietzsche
1178.**Morte no Nilo** – Agatha Christie
1179.**Ê, soneca boa** – Mauricio de Sousa
1180.**Garfield a todo o vapor** – Jim Davis
1181.**Em busca do tempo perdido (Mangá)** – Proust
1182.**Cai o pano: o último caso de Poirot** – Agatha Christie
1183.**Livro para colorir e relaxar** – Livro 1
1184.**Para colorir sem parar**
1185.**Os elefantes não esquecem** – Agatha Christie
1186.**Teoria da relatividade** – Albert Einstein
1187.**Compêndio da psicanálise** – Freud
1188.**Visões de Gerard** – Jack Kerouac
1189.**Fim de verão** – Mohiro Kitoh
1190.**Procurando diversão** – Mauricio de Sousa
1191.**E não sobrou nenhum e outras peças** – Agatha Christie
1192.**Ansiedade** – Daniel Freeman & Jason Freeman
1193.**Garfield: pausa para o almoço** – Jim Davis
1194.**Contos do dia e da noite** – Guy de Maupassant
1195.**O melhor de Hagar 7** – Dik Browne
1196(29).**Lou Andreas-Salomé** – Dorian Astor
1197(30).**Pasolini** – René de Ceccatty
1198.**O caso do Hotel Bertram** – Agatha Christie
1199.**Crônicas de motel** – Sam Shepard
1200.**Pequena filosofia da paz interior** – Catherine Rambert
1201.**Os sertões** – Euclides da Cunha
1202.**Treze à mesa** – Agatha Christie
1203.**Bíblia** – John Riches
1204.**Anjos** – David Albert Jones
1205.**As tirinhas do Guri de Uruguaiana 1** – Jair Kobe
1206.**Entre aspas (vol.1)** – Fernando Eichenberg
1207.**Escrita** – Andrew Robinson
1208.**O spleen de Paris: pequenos poemas em prosa** – Charles Baudelaire
1209.**Satíricon** – Petrônio
1210.**O avarento** – Molière
1211.**Queimando na água, afogando-se na chama** – Bukowski
1212.**Miscelânea septuagenária: contos e poemas** – Bukowski
1213.**Que filosofar é aprender a morrer e outros ensaios** – Montaigne
1214.**Da amizade e outros ensaios** – Montaigne
1215.**O medo à espreita e outras histórias** – H.P. Lovecraft
1216.**A obra de arte na era de sua reprodutibilidade técnica** – Walter Benjamin
1217.**Sobre a liberdade** – John Stuart Mill
1218.**O segredo de Chimneys** – Agatha Christie

1219.**Morte na rua Hickory** – Agatha Christie
1220.**Ulisses (Mangá)** – James Joyce
1221.**Ateísmo** – Julian Baggini
1222.**Os melhores contos de Katherine Mansfield** – Katherine Mansfield
1223(31).**Martin Luther King** – Alain Foix
1224.**Millôr Definitivo: uma antologia de *A Bíblia do Caos*** – Millôr Fernandes
1225.**O Clube das Terças-Feiras e outras histórias** – Agatha Christie
1226.**Por que sou tão sábio** – Nietzsche
1227.**Sobre a mentira** – Platão
1228.**Sobre a leitura *seguido do* Depoimento de Céleste Albaret** – Proust
1229.**O homem do terno marrom** – Agatha Christie
1230(32).**Jimi Hendrix** – Franck Médioni
1231.**Amor e amizade e outras histórias** – Jane Austen
1232.**Lady Susan, Os Watson e Sanditon** – Jane Austen
1233.**Uma breve história da ciência** – William Bynum
1234.**Macunaíma: o herói sem nenhum caráter** – Mário de Andrade
1235.**A máquina do tempo** – H.G. Wells
1236.**O homem invisível** – H.G. Wells
1237.**Os 36 estratagemas: manual secreto da arte da guerra** – Anônimo
1238.**A mina de ouro e outras histórias** – Agatha Christie
1239.**Pic** – Jack Kerouac
1240.**O habitante da escuridão e outros contos** – H.P. Lovecraft
1241.**O chamado de Cthulhu e outros contos** – H.P. Lovecraft
1242.**O melhor de Meu reino por um cavalo!** – Edição de Ivan Pinheiro Machado
1243.**A guerra dos mundos** – H.G. Wells
1244.**O caso da criada perfeita e outras histórias** – Agatha Christie
1245.**Morte por afogamento e outras histórias** – Agatha Christie
1246.**Assassinato no Comitê Central** – Manuel Vázquez Montalbán
1247.**O papai é pop** – Marcos Piangers
1248.**O papai é pop 2** – Marcos Piangers
1249.**A mamãe é rock** – Ana Cardoso
1250.**Paris boêmia** – Dan Franck
1251.**Paris libertária** – Dan Franck
1252.**Paris ocupada** – Dan Franck
1253.**Uma anedota infame** – Dostoiévski
1254.**O último dia de um condenado** – Victor Hugo
1255.**Nem só de caviar vive o homem** – J.M. Simmel
1256.**Amanhã é outro dia** – J.M. Simmel
1257.**Mulherzinhas** – Louisa May Alcott
1258.**Reforma Protestante** – Peter Marshall
1259.**História econômica global** – Robert C. Allen
1260(33).**Che Guevara** – Alain Foix
1261.**Câncer** – Nicholas James
1262.**Akhenaton** – Agatha Christie
1263.**Aforismos para a sabedoria de vida** – Arthur Schopenhauer
1264.**Uma história do mundo** – David Coimbra
1265.**Ame e não sofra** – Walter Riso
1266.**Desapegue-se!** – Walter Riso
1267.**Os Sousa: Uma família do barulho** – Mauricio de Sousa
1268.**Nico Demo: O rei da travessura** – Mauricio de Sousa
1269.**Testemunha de acusação e outras peças** – Agatha Christie
1270(34).**Dostoiévski** – Virgil Tanase
1271.**O melhor de Hagar 8** – Dik Browne
1272.**O melhor de Hagar 9** – Dik Browne
1273.**O melhor de Hagar 10** – Dik e Chris Browne
1274.**Considerações sobre o governo representativo** – John Stuart Mill
1275.**O homem Moisés e a religião monoteísta** – Freud
1276.**Inibição, sintoma e medo** – Freud
1277.**Além do princípio de prazer** – Freud
1278.**O direito de dizer não!** – Walter Riso
1279.**A arte de ser flexível** – Walter Riso
1280.**Casados e descasados** – August Strindberg
1281.**Da Terra à Lua** – Júlio Verne
1282.**Minhas galerias e meus pintores** – Kahnweiler
1283.**A arte do romance** – Virginia Woolf
1284.**Teatro completo v. 1: As aves da noite *seguido de* O visitante** – Hilda Hilst
1285.**Teatro completo v. 2: O verdugo *seguido de* A morte do patriarca** – Hilda Hilst
1286.**Teatro completo v. 3: O rato no muro *seguido de* Auto da barca de Camiri** – Hilda Hilst
1287.**Teatro completo v. 4: A empresa *seguido de* O novo sistema** – Hilda Hilst
1289.**Fora de mim** – Martha Medeiros
1290.**Divã** – Martha Medeiros
1291.**Sobre a genealogia da moral: um escrito polêmico** – Nietzsche
1292.**A consciência de Zeno** – Italo Svevo
1293.**Células-tronco** – Jonathan Slack
1294.**O fim do ciúme e outros contos** – Proust
1295.**A jangada** – Júlio Verne
1296.**A ilha do dr. Moreau** – H.G. Wells
1297.**Ninho de fidalgos** – Ivan Turguêniev
1298.**Jane Eyre** – Charlotte Brontë
1299.**Sobre gatos** – Bukowski
1300.**Sobre o amor** – Bukowski
1301.**Escrever para não enlouquecer** – Bukowski
1302.**222 receitas** – J. A. Pinheiro Machado
1303.**Reinações de Narizinho** – Monteiro Lobato
1304.**O Saci** – Monteiro Lobato
1305.**Memórias da Emília** – Monteiro Lobato
1306.**O Picapau Amarelo** – Monteiro Lobato

1307.**A reforma da Natureza** – Monteiro Lobato
1308.**Fábulas *seguido de* Histórias diversas** – Monteiro Lobato
1309.**Aventuras de Hans Staden** – Monteiro Lobato
1310.**Peter Pan** – Monteiro Lobato
1311.**Dom Quixote das crianças** – Monteiro Lobato
1312.**O Minotauro** – Monteiro Lobato
1313.**Um quarto só seu** – Virginia Woolf
1314.**Sonetos** – Shakespeare
1315(35).**Thoreau** – Marie Berthoumieu e Laura El Makki
1316.**Teoria da arte** – Cynthia Freeland
1317.**A arte da prudência** – Baltasar Gracián
1318.**O louco *seguido de* Areia e espuma** – Khalil Gibran
1319.**O profeta *seguido de* O jardim do profeta** – Khalil Gibran
1320.**Jesus, o Filho do Homem** – Khalil Gibran
1321.**A luta** – Norman Mailer
1322.**Sobre o sofrimento do mundo e outros ensaios** – Schopenhauer
1323.**Epidemiologia** – Rodolfo Sacacci
1324.**Japão moderno** – Christopher Goto-Jones
1325.**A arte da meditação** – Matthieu Ricard
1326.**O adversário secreto** – Agatha Christie
1327.**Pollyanna** – Eleanor H. Porter
1328.**Espelhos** – Eduardo Galeano
1329.**A Vênus das peles** – Sacher-Masoch
1330.**O 18 de brumário de Luís Bonaparte** – Karl Marx
1331.**Um jogo para os vivos** – Patricia Highsmith
1332.**A tristeza pode esperar** – J.J. Camargo
1333.**Vinte poemas de amor e uma canção desesperada** – Pablo Neruda
1334.**Judaísmo** – Norman Solomon
1335.**Esquizofrenia** – Christopher Frith & Eve Johnstone
1336.**Seis personagens em busca de um autor** – Luigi Pirandello
1337.**A Fazenda dos Animais** – George Orwell
1338.**1984** – George Orwell
1339.**Ubu Rei** – Alfred Jarry
1340.**Sobre bêbados e bebidas** – Bukowski
1341.**Tempestade para os vivos e para os mortos** – Bukowski
1342.**Complicado** – Natsume Ono
1343.**Sobre o livre-arbítrio** – Schopenhauer
1344.**Uma breve história da literatura** – John Sutherland
1345.**Você fica tão sozinho às vezes que até faz sentido** – Bukowski
1346.**Um apartamento em Paris** – Guillaume Musso
1347.**Receitas fáceis e saborosas** – José Antonio Pinheiro Machado
1348.**Por que engordamos** – Gary Taubes
1349.**A fabulosa história do hospital** – Jean-Noël Fabiani
1350.**Voo noturno *seguido de* Terra dos homens** – Antoine de Saint-Exupéry
1351.**Doutor Sax** – Jack Kerouac
1352.**O livro do Tao e da virtude** – Lao-Tsé
1353.**Pista negra** – Antonio Manzini
1354.**A chave de vidro** – Dashiell Hammett
1355.**Martin Eden** – Jack London
1356.**Já te disse adeus, e agora, como te esqueço?** – Walter Riso
1357.**A viagem do descobrimento** – Eduardo Bueno
1358.**Náufragos, traficantes e degredados** – Eduardo Bueno
1359.**Retrato do Brasil** – Paulo Prado
1360.**Maravilhosamente imperfeito, escandalosamente feliz** – Walter Riso
1361.**É...** – Millôr Fernandes
1362.**Duas tábuas e uma paixão** – Millôr Fernandes
1363.**Selma e Sinatra** – Martha Medeiros
1364.**Tudo que eu queria te dizer** – Martha Medeiros
1365.**Várias histórias** – Machado de Assis
1366.**A sabedoria do Padre Brown** – G. K. Chesterton
1367.**Capitães do Brasil** – Eduardo Bueno
1368.**O falcão maltês** – Dashiell Hammett
1369.**A arte de estar com a razão** – Arthur Schopenhauer
1370.**A visão dos vencidos** – Miguel León-Portilla
1371.**A coroa, a cruz e a espada** – Eduardo Bueno
1372.**Poética** – Aristóteles
1373.**O reprimido** – Agatha Christie
1374.**O espelho do homem morto** – Agatha Christie
1375.**Cartas sobre a felicidade e outros textos** – Epicuro
1376.**A corista e outras histórias** – Anton Tchékhov
1377.**Na estrada da beatitude** – Eduardo Bueno
1378.**Freud: a cura pelo espírito** – Stefan Zweig
1379.**O nascimento da tragédia** – Friedrich Nietzsche
1380.**Tempos difíceis** – Charles Dickens
1381.**A aventura da tumba egípcia e outras histórias** – Agatha Christie
1382.**A aventura da tumba egípcia e outras histórias** – Agatha Christie
1383.**Uma paixão no deserto *seguido de* A paz conjugal** – Honoré de Balzac
1384.**Um episódio durante o terror *seguido de* A falsa amante** – Honoré de Balzac
1385.**Vamos colorir!!!: Um livro para todas as idades** – L&PM Editores
1386.**Feliz por nada** – Martha Medeiros
1387.**Simples assim** – Martha Medeiros
1388.**A graça da coisa** – Martha Medeiros
1389.**A forma da água** – Andrea Camilleri
1390. **O cão de terracota** – Andrea Camilleri
1391.**Resumo da ópera** – A.S. Franchini
1392.**Doidas & santas** – Martha Medeiros

O TEATRO COMPLETO
HILDA HILST
HILDA HILST
TEATRO COMPLETO VOLUME 1
AS AVES DA NOITE
O VISITANTE
HILDA HILST
TEATRO COMPLETO VOLUME 3
O RATO NO MURO
O AUTO DA BARCA DE CAMIRI
HILDA HILST
TEATRO COMPLETO VOLUME 2
O VERDUGO
A MORTE DO PATRIARCA
L&PM POCKET
HILDA HILST
TEATRO COMPLETO VOLUME 4
A EMPRESA
O NOVO SISTEMA
L&PM POCKET
Coleção L&PM POCKET
A maior coleção de livros de bolso do Brasil

PABLO NERUDA
PRÊMIO NOBEL DE LITERATURA
ÚLTIMOS POEMAS
PABLO NERUDA
PRÊMIO NOBEL DE LITERATURA
CEM SONETOS DE AMOR
PABLO NERUDA
PRÊMIO NOBEL DE LITERATURA
VINTE POEMAS DE AMOR E UMA CANÇÃO DESESPERADA
EDIÇÃO BILÍNGUE
L&PM POCKET
PRÊMIO NOBEL DE LITERATURA
L&PM POCKET BILÍNGUE

lepmeditores

www.lpm.com.br
o site que conta tudo

IMPRESSÃO:

PALLOTTI
GRÁFICA

Santa Maria - RS | Fone: (55) 3220.4500
www.graficapallotti.com.br